吉男的探索事件簿 6

人为什么会做梦

（日）浅利义远　著

黄淮舒　译

福建科学技术出版社

著作权合同登记号：图字 13－2003－46

TITLE：[まんがサイエンス]（全8卷）

　　　by[あさりよしとお]

Copyright:© YOSHITOH　ASARI

Original Japanese language edition published by Gakken Co.,Ltd.

All rights reserved，including the right to reproduce this book or portions thereof in any form without the written permission of the publisher.

Chinese translation rights arranged with Gakken Co.,Ltd.,Tokyo through Nippon Shuppan Hanbai Inc.

本书中文版经日本国株式会社学习研究社正式授权福建科学技术出版社，在中国内地出版、发行。

图书在版编目（CIP）数据

吉男的探索事件簿 6，人为什么会做梦／（日）浅利义远著；黄淮舒译. —福州：福建科学技术出版社，2005.1

　ISBN 7-5335-2507-8

　Ⅰ.吉…　Ⅱ.①浅…②黄…　Ⅲ.梦—精神分析—少年读物

Ⅳ.N49

中国版本图书馆 CIP 数据核字（2004）第 134007 号

书　　名	吉男的探索事件薄6	
	人为什么会做梦	
作　　者	（日）浅利义远	
译　　者	黄淮舒	
出版发行	福建科学技术出版社（福州市东水路 76 号，邮编 350001）	
经　　销	各地新华书店	
制　　版	福建新华印刷厂	
印　　刷	福建新华印刷厂	
开　　本	880 毫米×1230 毫米　1/32	
印　　张	6.875	
图　　文	216 码	
版　　次	2005 年 1 月第 1 版	
印　　次	2005 年 1 月第 1 次印刷	
书　　号	ISBN 7-5335-2507-8/Z·88	
定　　价	13.80 元	

书中如有印装质量问题，可直接向本社调换

目 录

不死之虫

太热了!

那可未必哟。

缺水也好，高温也罢，依然有许多生物在种种恶劣环境中坚强地生存着。

你是谁？

稍后再说我是谁。我先带你们认识一种鱼，它叫鳉鱼。这种鱼能在无水环境里存活。

能够在无水环境里存活的鱼?!

这里是非洲。你们现在看到的是一条由雨季的降水所形成的临时河流。

雨季以外的时间就是"旱季"。看，强烈的连续日照可以将整条河流晒干，显露出河床。

奇妙的是……

每年雨季来临时，鳉鱼群总会准时出现在重新积蓄起来的河水中！

是不是真的啊？

鱼要是离开水，早该变成鱼干了呀。

秘密就藏在鱼卵里。

鱼卵？

鳉鱼的卵在无水的旱季里依然能够保持存活。

鱼卵就藏在干涸的河底。

这些鱼卵没水不会干死吗？

据说，即使连续3年不下雨，鳉鱼卵依然能存活、发育。

只要还有一点点湿度，鱼卵就能存活下来。

一旦雨季来临，水位恢复，这些卵便迅速复苏，1个月就能发育成熟。

4

真是神奇！

有什么大惊小怪的，少雨的环境里锻炼出来的呗。

也对，那说说水蚤怎么样？

水蚤？

你要举些我们熟悉的，比较普通一点的生物才有说服力。

水蚤一般栖息在沼泽、水池等地方，体长大约是1毫米。

水蚤有什么厉害的本事呢？

通常情况下，水蚤只由雌虫单独产卵，其卵不需受精，可直接发育成雌体。这种现象称为孤雌生殖。

如果生存环境恶化，雌虫也产出雄体。

雌雄交配所产下的卵称为冬卵，具有抵抗外界不良环境的能力，甚至能承受冰点以下的低温！

真想不到，平时觉得很不起眼的小生物竟然具有如此顽强的生命力。

无论严冬、酷暑，或是干旱，总有生物能适应环境并生存下来。

嗯。
是有点儿出乎意料呢。

不——行！
我不能接受！

菜菜子……

你刚才举例的那两种生物，全是靠有个厉害的卵才能存活的。

天气热的时候，我又不可能钻进卵里去躲起来！

你在说些什么呀！

你能不能举出几种不靠卵又能耐热、耐寒的生物来？

好的。

真有那种生物吗？

不知道。

我知道。蛟蜻蛉的幼虫蚁狮,就是种生命力极其顽强的生物。

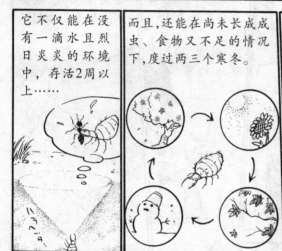

它不仅能在没有一滴水且烈日炎炎的环境中,存活2周以上……

而且,还能在尚未长成成虫、食物又不足的情况下,度过两三个寒冬。

这有什么了不起的!

蝉的幼虫不也能在地下活个六七年吗?

那算蝉的自然生长规律吧。

想让我佩服……

除非是一种露天晒不死……

冰箱里冻不死……

FREEZE!!

一滴水都没有也干不死的生物。

当然了,还不准是卵哦!

……

当然有！

能符合你的要求的生物,绝对是有的！

……

不会的,要找它实在太容易了。

池子里,路边的苔藓上……

拿日本来说,北到北海道,南到冲绳……

太稀奇的生物可不能算！

就世界范围来说,从北极附近到南极,从喜马拉雅山到150米深的海洋,处处都能找到它！

处处都能找得到……

这种生物是不是有点儿泛滥啊？

那些台词就省了吧,快说,到底是什么生物！

是,马上就说。

它叫"熊虫"……

日本刺毛熊虫

体长不足1毫米，靠吸取植物汁液为生。

其实是没有眼睛的。

这，这不就是你吗？

对，我就是熊虫，属于缓步动物门。

好奇怪的外形。

和谁是亲戚？

我问的是，你算哪一类生物呀？

它的亲戚该不会是熊吧？

熊哪儿有八条腿。

你问我算哪一类生物，对吧？

嗯。

就是熊虫类呀。

9

这算什么回答嘛!

其实,我并不和什么动物一类,而是一个独立门类。

你……

真的又耐热又耐寒?

那是!炎热根本不算什么。

我能忍受150摄氏度以上的高温……

以及零下250摄氏度的严寒……

甚至能在真空状态下生存,生命力够强吧!

10

11

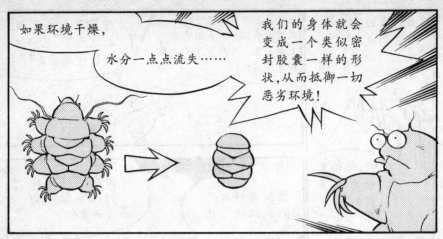

如果环境干燥，

水分一点点流失……

我们的身体就会变成一个类似密封胶囊一样的形状，从而抵御一切恶劣环境！

这叫做cryptbiosis*状态，即"隐生状态"或"假死状态"。一旦进入这种状态，生命力就会提高到惊人的水平。

尽管你弓箭炮弹，尽管放马过来！

通常状态下，温度达到42摄氏度以上，熊虫就该死亡了。

但是"隐生状态"下，却可以在100摄氏度环境中生存6个小时……

而在150摄氏度环境下也可维持生命数分钟！

就算奄奄一息了，只要给点水，熊虫又能奇迹般复活！

听着怎么觉得像方便面。

泡方便面还没有我们复活得快呢。

据记载，有人曾经在有120年历史的干苔藓里发现了一位我的同类，给它浇了点水后……

惊奇地发现……

它竟然再度开始了生命活动！

＊"cryptbiosis"是拉丁语，意思是"隐藏起来的生命"。

这不就意味着……

只要进入"隐生状态"……

就至少可以活上120年!?

只不过，复活了两三分钟后，它就死了。

完全干燥的状态下也能活着呀!?

没错。"隐生状态"下的熊虫，身体里没有一点水分。

实在太厉害啰！

但是也存在相应问题。

原来……

在"隐生状态"下尽管可以不死，却也不能自由活动了呀。

这么说也不能算是真正意义上的"活着"。

"隐生状态"可以说是一种假死状态。

身体是根本动弹不得的。

也就是说，生命虽然维持了下来，但身为生物所应有的活动都完全停止了。

13

看来生命力顽强也不全是好事。

不过想一想……

在约6500万年前，地球环境急剧恶化，恐龙灭绝了……

地球上的绝大部分生物也灭绝了……

但若是换了熊虫，也许能挺过那个时期，顽强地活下来！

照你这么说，未来的地球一定是熊虫的世界啦。

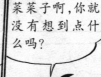

我可没有说得那么极端。

菜菜子啊，你就没有想到点什么吗？

嗯？

这么一只体长不足1毫米的小虫竟然拥有如此坚忍的毅力，实在不能不令人敬佩！

连一只小虫都能努力忍耐，你怎么好意思一直叫嚷着"天太热"、"要喝水"呢？

好像懂，又好像没懂……

14

毅力归毅力，

热还是热，毅力
又不能降温。

到底怎么办
才好呢？

对了，熊虫！
熊虫的耐
热秘诀！

啊！？

反正天太热
了，什么也没
心思做……

干脆学习熊虫，
变身消暑！

你想变成"隐
生状态"？

答对了！只要人也
进入"隐生状态"，
就再也不怕什么冷
热寒暑了！

行得通吗？

人进入"隐生状态"?

不就是去掉水分，缩小身体嘛。

人体要是没了水分……

会是什么样子呢？

这个样子！

木乃…伊

哇——

像人类这样身体结构复杂的动物是不行的。如果也像我们这样干燥，身体组织将遭到破坏……

就算事后加再多的水也无法恢复原状！

千万不要模仿哦！

轻易也模仿不了。

16

肚子里有个细菌世界

不可能！

身体内部哪儿可能有什么细菌？

要是有，那人还不都得病死掉了？

你想想，粪便里面就有大肠杆菌对吧？它从哪儿来？

为什么会蛀牙？也是因为口腔里有细菌而导致蛀牙。

含有乳酸杆菌和双歧杆菌的健康饮料大家都爱喝。

但喝这些饮料的同时，也就把细菌都喝进了肚子里。

怎么能说身体内没有细菌呢？

哎呀？你们这么一说，好像也有点道理。

那是不是说细菌里既有好细菌，也有坏细菌？

……

应该是这么回事儿。

回答正确！

千万不可以认为细菌全是对人有害的。

19

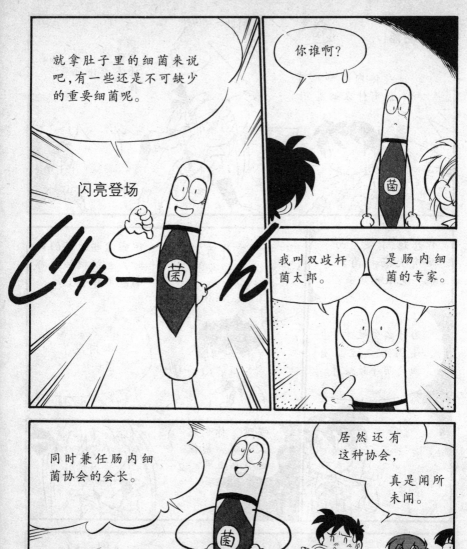

就拿肚子里的细菌来说吧,有一些还是不可缺少的重要细菌呢。

你谁啊?

闪亮登场

我叫双歧杆菌太郎。

是肠内细菌的专家。

同时兼任肠内细菌协会的会长。

居然还有这种协会,真是闻所未闻。

现在提问!

请回答我:所谓的"细菌"究竟是什么?

哈哈,看你们那样子,回答不上来吧?

要是我们什么都懂,还画这本漫画干嘛?

说得也是啊。

那……到底会不会回答啊?

不会。

那就让我来告诉你们!

所谓细菌!

×1000

是一种极小的单细胞生物,其大小在0.3微米至5微米之间(即0.0003毫米至0.005毫米之间),是微生物的典型代表。

那什么又叫做单细胞?

所谓细胞,

是构成生物体的最基本单位。

这是一个细胞

放 大

菌

也就是说,像人类这样体形较大的生物,也是由许许多多叫做"细胞"的单元所构成的。

一个成年人的身体大约由60万亿个细胞单元构成。

×600000000000000

哇,60万亿个!?

至于细菌,则是只靠一个细胞即可独立生存的一种简单微生物。

这就是单细胞生物。

只有一个细胞?

感觉特别脆弱无助呢。

600000000000000

有的耐热；

有的耐寒。

有的连火山的剧毒气体（能杀死绝大多数生物）都不怕。

细菌家族成员众多，外形上也各有特点。

我做了一个粗略的分类。大家请看。

单球菌　双球菌　链球菌　葡萄球菌

短杆菌　长杆菌　链杆菌　螺旋菌

螺旋体　单毛菌　双毛菌　周毛菌

※这里只列举了部分细菌外形。

哇，还真是五花八门的外貌！

还有些细菌虽外形相同，性质却完全相反。

从中指认犯人好像的确不太容易。

24

你倒是给我解释解释体内怎么会有细菌的！

身体里又没有氧气,细菌靠什么呼吸呢?

这倒真是个问题。

你们尽管放心好了！

需氧菌

并不是所有细菌都需要氧气才能生存。有些细菌是非常害怕氧气的。

如果把这些细菌放到有氧环境中,它们反而会死掉。

厌氧菌

因为这些细菌在几十亿年前,也就是在地球上还没有氧气的时代就存在了。

它们早已经适应了没有氧气的环境。

原来细菌的历史比人类还要长好大一截呀。

的确如此,我可没有卖弄的意思哦。

菌

那对人体有益的细菌都有哪些呢？

！

这个问题我喜欢。

首先，生活中的许多食品的制造就少不了这些有益菌。

酱菜 酒 醋

味噌汁 酸奶

酱油 纳豆

现在我就隆重推出大家十分熟悉的有益菌的代表——双歧杆菌！

双歧杆菌？

就是酸奶里的那个双歧杆菌吧？

是身体内本来就有的细菌吗？

那当然不是……

是一种寄居在肠道的外来细菌。

原来是寄居在人体的呀。

人类的肠子里居住着这么些细菌……

类杆菌、厌氧性链球菌

双歧杆菌

大肠杆菌、肠球菌

乳酸杆菌

魏氏梭状芽孢杆菌

其中的双歧杆菌和乳酸杆菌是最出名的两种有益菌。

原来有这么多种细菌。为什么以前我只听说过大肠杆菌呢？

大肠杆菌不是厌氧菌，因而在体外环境也能存活，人们比较注意研究它，所以出名。

为什么它们都住在肠子里而不是胃里？

因为胃内是个强酸性环境（胃液中含胃酸）。

绝大部分普通细菌都无法耐受。

这就不对了！

就算酸奶喝进肚子里，双歧杆菌也过不了胃这一关才是啊？

刚才我就说过，别看外形一样，种类未必相同，能力更有区别。

我最厉害!

碱(胆汁)

酸(胃酸)

氧气

酸奶中的双歧杆菌是经培育的耐氧、耐酸型品种。

这种双歧杆菌虽然还不能在胃里定居,但短时间忍耐一阵胃酸还是轻而易举的!

大家都别忘了肠道里的好朋友哦。

我的肚子里绝对没有什么细菌。

你就真的对细菌这么反感吗?

细菌又不全是坏蛋。

我说没有就是没有!

到底有没有,检查检查你的大便就清楚啰。

明明是有的嘛。

你在做什么?!

刚才已介绍过几种肠道里的细菌，其实远不止那些，普通人肠道里的细菌有100种……

总数达100万亿个！

14个零!?

100万亿!?

顺带一提，大便里有一半是细菌。

就不用拿给我们看了。

比人体细胞总数60万亿还多！

照1个细菌1微米来算,100万亿个细菌排列起来……

10万千米！

能绕地球两圈半!?

回到正题来，不管你们认为我们细菌是干净还是不干净，都不可拒绝与我们共存。

因为细菌和人类的生活密不可分。

离开肠内细菌的帮助，人类就根本没有健康可言。

说来说去，双歧杆菌到底能起什么作用呢？

为了便于理解，让我们假设一个战场，在这里将发生一场有益菌和有害菌之间的阵地战。

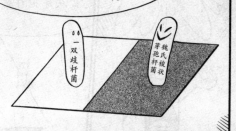

肠道面积大小不会变化，因此双方必须在有限的空间内展开搏斗，占领阵地……

阵地的大小代表交战双方力量的对比。

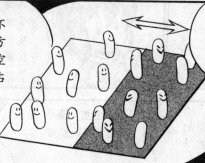

有害菌的代表——魏氏梭状芽孢杆菌最喜欢吃肉。

恶

如果一个人吃了太多肉，那么肠道里的魏氏梭状芽孢杆菌阵地自然就扩张了许多。

衰老、便秘等因素都可能导致魏氏梭状芽孢杆菌数量增加。

魏氏梭状芽孢杆菌令肠道内食物腐化，还释放出氨和吲哚，那也就是大便臭味的根源啦。

吃肉以后放的屁是不是特别臭？就是魏氏梭状芽孢杆菌干的好事。

31

我们双歧杆菌一方当然也不能示弱！

双歧杆菌产生的醋酸和乳酸，不仅能增加肠的蠕动，还能抑止魏氏梭状芽孢杆菌的活动。

只要多喝酸奶，就等于多给肠道里补充新的双歧杆菌，为夺取魏氏梭状芽孢杆菌的阵地增加了兵力，提高了战斗力。

双歧杆菌占优势的时候，屁一般不带多少臭味。

屁可以说是肠内健康状况的晴雨表。

光吃肉，肠子里就会滋生有害菌……

难道以后只能吃素食了吗？

倒也不至于那么绝对。

其实我刚才所说的，不过是双歧杆菌众多优点之一！

因为时间有限……

咱们下集再见啦！

肠道细菌——人体健康卫士

海洋、天空、陆地……微生物的足迹遍及地球每个角落。

人类也许永远数不清它们的种类，研究不尽它们的秘密……

就拿这样大小的一块土地来说吧……

其中生活着几亿，乃至几十亿……

甚至可能是几百亿的微生物*。

少拿数字吓唬人！

地球上不也生活着60多亿人口吗？

这60多亿人中，每个人的体内都生活着100万亿个微生物哪。

哇——想吐！

没必要想得那么可怕吧？身体要健康，缺了微生物的帮助可是不行的。

那……

*地表每克土壤中生活着1000万到1亿个微生物。

既然说"有益菌"是人类的朋友,可它们究竟是怎么个有益法呢?

我来啦!

上一集讨论了一半,这一集继续有益菌的话题!

仍然由我双歧杆菌太郎主讲。

上一集说到……

肉吃得太多将引发肠道有害菌增加……

在有害菌产生的物质作用下,屁会很臭很臭!

哇,好讨厌!

菌

完啦?有益菌的作用就是让屁不那么臭?

继续听嘛。

你们是不是以为屁臭一点,不算什么毛病呢?

错了!

从屁里反映出的问题,绝——对不是想像的那么简单!

有害菌(魏氏梭状芽孢杆菌)会产生各种各样的有害物质……

苯酚

胺

硫化氢

氨

吲哚

而这些有害物质就是大便和屁的臭味来源。正常情况下,这些有害物质会从体内被排出……

然而有时,它们却残留在肠道里不走,以至于最终被人体吸收。

于是全身就开始发出臭味吗?

那倒是不会……

但有比那更糟糕的，有害物质中含有致癌成分……

或者是容易诱发癌症的物质……

屁变臭等于得癌症?!

好在肝脏会分解毒素，将之无害化，从而避免癌症产生。

吓我一跳。

不过……

肝脏自己的工作担子也是很重的……

有时候难免操劳过度。

我好累

分解酒精

处理脂肪

合成蛋白质

处理毒素

ぐったり

肝脏处理不完的有害物质也被送去全身循环了。

肝脏最怕大量的酒、肉、油炸食品。

小学生千万不能饮酒!

我的肝——你千万不能倒下!

简单归纳起来，大概是这么个流程……

②有害菌分解蛋白质，产生有毒物质。

③肝脏分解不完的有毒物质进入身体循环。

①吃肉过多，有害菌数量增多。

肝脏功能受损，严重的甚至可能导致癌症！

你们说……

怎样才能避免这种情况发生？

保护肝脏！

不吃肉就行啦。

我才不要！

怎么保护？

怎样才能过滤掉有害物质呢……

我认为倒不如在有害菌身上想想办法。

说到点子上了！

现在轮到双歧杆菌和乳酸杆菌联袂出场啦！

有害菌产生的是各种有害物质，而有益菌产生的是乳酸和醋酸。

醋酸

乳酸

有害菌非常害怕乳酸和醋酸。

乳酸
醋酸

也就等于说，只要有益菌增多，有害菌便相应减少。

此外，乳酸和醋酸还能刺激、活化肠道功能……

可以防止便秘，使排便通畅！

这有什么好的!?

既能抑止有害菌，又能把有害物质迅速清出体外，难道不是一举两得的好事吗？

原来，只要不断增加有益菌的数量，有害菌带来的各种危害就能得到遏制了呀！

具体该怎么做呢？

喝含双歧杆菌的酸奶啰。喝得越多越有好处。

每天都喝这种酸奶就行吗？

嗯。

我觉得喝一次已经补充得够多了呀。

不要忘记……

补充归补充，可要是喝完又都排出体外的话，不还是白费功夫吗？

WC

上回我说过，大便里有一半是细菌。

菌

也就是说，这些细菌只是进入体内随便逛逛，很快又出去了。

有些细菌两三天之后就被排出体外了……

而另一些则能在肠道里定居下来。

双歧杆菌同样分为长期
居住型和匆匆过客型。

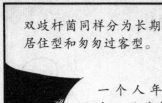

一个人年纪越
大，肠道中的双
歧杆菌就越少，
而有害菌则越容
易繁殖生长。

此外，日常饮食、健
康状况等因素也影
响着肠道内有益菌
和有害菌的比例。

人的身体每时每刻都
在发生变化……

要想保持肠道健康状
态，最好的办法就是不
断补充有益菌。

每天饮用，
身体健康。

调查表明，停止
饮用几天后，肠
道内又回到了饮
用前的状况。

那是不是

只有通过补充双歧杆
菌才能增加肠道内有
益菌的数量？

还有一种方法，就
是摄入"寡糖"。

是这种糖果里用来代替砂糖的"寡糖"吗？

正是！寡糖是双歧杆菌最喜欢的食物！

而且它不会被口腔里的细菌分解，所以还是一种不会引起蛀牙的糖。

寡糖虽然不能被人体消化吸收，但它能直接进入大肠，增加双歧杆菌的数量，从而使排便状况得到改善。

真受不了，怎么老提粪便嘛。

不能被人体消化吸收……

看来光吃寡糖糖果是不行的。

还有没有其他普通一些的食品呢？

牛蒡和洋葱都含有寡糖，是不错的选择哦。

牛奶、酸奶里含有的"乳糖"也能增加双歧杆菌的数量，也是不错的选择。如果有寡糖酸奶就最好了！

我说，我说……

与其费那么大劲去增加有益菌的数量……

还不如干脆一视同仁，把肠道内的有益菌和有害菌一起杀死岂不更好？

行吗……

有害菌既然不存在了，那么有益菌有没有看样子也关系不大啦。

听起来好像也蛮有道理的哦。

刚出生的婴儿肠道里应该还没有细菌吧。

问题是……

地球上的微生物是无处不在的……

就算给体内来个一次性大清扫，用不了多久又会有新细菌取而代之，体内细菌根本是赶不尽杀不绝的。

那是自然的！

再说了！

有益菌的好处我还远远没有说完呢！

有益菌的作用还不止是消灭有害菌吗？

当然不止！

它能强化人体天然具备的……

抵御外来侵略者的"免疫"功能！

免疫？

引起疾病的罪魁祸首——各种来自体外的细菌、病毒要想攻入人体，先得过"嗜中性粒细胞"、"巨噬细胞"、"T淋巴细胞"、"B淋巴细胞"*这四道关。

然后？

严格地说起来，有益菌也算是来自体外的侵略者。

因此也免不了和免疫系统打上一仗。

　*嗜中性粒细胞、巨噬细胞、T淋巴细胞和B淋巴细胞是不同类型的白细胞。

我们这些有益菌也经常和免疫系统过过招，当当陪练，锻炼身体的免疫力！

左边，右边，一，二！

也就是实战前的演习啰？

不错的热身嘛。

如果换成有害菌，那可不是热身赛了……

上来就是真枪实弹，没准一不小心就把免疫系统给打趴下了。

有益菌对免疫系统的这种训练，真的有效果吗？

它的作用是直接"吞噬"入侵的外敌……

什么叫"真的有效果吗"？太小看人了。

拿免疫系统的第一道防线，"巨噬细胞"来说吧。

如果经过有益菌的训练，它的食欲会更上一层楼！

从整个免疫系统来看，有益菌的确有助于防止各种疾病的发生，甚至包括癌症。

不会吧！能防癌症？

怎么说呢……

主要是通过强化免疫系统来达到对抗癌症的目的，起的是辅助作用。

加油！

具体点说，就是减少有害菌的数量和毒素的释放。此外，还有……

呼——

让癌细胞制造出的有害物质随大便一起排出体外。

为什么画我？！

别再说粪便了好不好？

况且我们刚才说过了，乳酸和醋酸还能直接击退一般的病菌。当然是仅限进入肠道的病菌。

乳酸

醋酸

哎哟，能耐还真不小。

不知道刚才是谁在说"不论有没有有益菌，屁一样是臭的"。

烦死了，不理你。

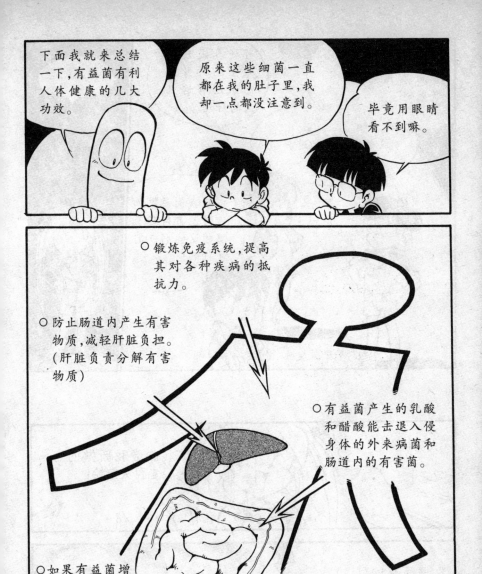

下面我就来总结一下，有益菌有利人体健康的几大功效。

原来这些细菌一直都在我的肚子里，我却一点都没注意到。

毕竟用眼睛看不到嘛。

○ 锻炼免疫系统，提高其对各种疾病的抵抗力。

○ 防止肠道内产生有害物质，减轻肝脏负担。（肝脏负责分解有害物质）

○ 有益菌产生的乳酸和醋酸能击退入侵身体的外来病菌和肠道内的有害菌。

○ 如果有益菌增加，有害菌减少，屁的臭味便减轻。

○ 有益菌产生的乳酸和醋酸能刺激肠道，在有害菌尚未制造出有害物质（氨、吲哚等）前便将其排出体外。

○ 有益菌自身也能协助将有害物质排出体外。

△ 附带一提，综合以上各种因素，有益菌有助于延年益寿。（此点保留，尚未经科学证实）

47

微生物能用来做酱油、做酸奶、做酱菜……

这些我倒是知道。

可还真没想到微生物对身体原来还有这么大的好处。

以后我们该更加珍惜、善待肠子里的这些朋友们才行哟!

嗯……

大家快来呀!

尝尝我新做的有益菌大杂烩!

里面有纳豆、酸奶和味噌*!

还特别加入了寡糖!味道怎么样?

* 味噌:又名黄酱,以精选黄豆、米曲、精盐发酵而成。

可怕的海啸

天哪！

港口，港口怎么会变成这样？

吉男！

你们都还好吧？刚才是不是发生过可怕的海啸？

刚才我们在海上，连半个大浪都没见到。

其实……

可是港口这边，你也看到了，几乎成了废墟一片。

船在海上行驶时,海面风平浪静……

而回到港口一看,却发现港口已经遭受巨浪袭击,破坏严重。

造成这场可怕灾难的元凶,是一种破坏性极强的巨浪……

称为"海啸"。

哎呀,忘记作自我介绍了,真不好意思。

我是海洋问题的专家,人鱼公主亚洛丽耶!

只要是和海有关的问题,尽管问我吧!

那我先问了！

要回答这个问题，你们必须先了解"普通的波浪"产生的原理才行。

波浪如何产生……

海啸和普通的波浪有什么地方不一样？

如何传递到岸边，你们知道吗？

……看样子，还是先从普通波浪开始讲解比较好哦。

波浪是怎样产生的呢？

首先，风吹起水面……

呼——

水面由此产生了高低变化，于是就形成了波浪。

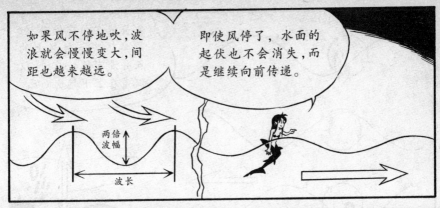

如果风不停地吹，波浪就会慢慢变大，间距也越来越远。

即使风停了，水面的起伏也不会消失，而是继续向前传递。

两倍波幅

波长

有一点你们千万要记住，波浪虽然在起伏前进，但实际上水并没有做横向移动。

啊？

怎么会呢？波浪不是正一波一波地向我们涌来吗？

你们想，如果海水真的是随着波浪前进的话，那陆地岂不早被淹成了海洋，而海洋却成了陆地？

有道理。

看看这条绳子的抖动，有助于你们理解波浪的传递原理。

波虽然在向前传递,但是具体某一位置上的点并没有随之前进,仅仅是在上下起伏而已。

好多人一起表演的人浪你们应该都看过吧?

整体看上去的确是一个个浪头在翻滚前进,但实际上演员根本没有移动一步。

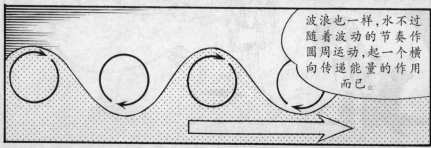

波浪也一样,水不过随着波动的节奏作圆周运动,起一个横向传递能量的作用而已。

两倍波幅

波长

波浪向海岸传递的过程中,海越浅,波浪行进的速度就越慢……

波长也越短,但波幅则会相应变大……

到最后……

那海啸和这种海浪有什么不一样呢?

本质上没什么不一样。

不会吧!

非要说不一样的话,海啸的波长比一般的海浪要长一些就是了。

长多少?

海浪的波长，一般是几米至几十米……

厉害的海啸甚至可以达到数百千米。

而海啸的波长通常都超过100千米。

既然波浪这么大，那我们刚才在海上的时候为什么没有感觉到？

因为它的波幅顶多半米左右。

千米！

你们的船一上一下一个颠簸，海啸就过去了。

什么样的力量才能形成这么大的波浪呢？

虽然波幅比较低……

这种力量……

来自地震导致的海底断层。

地表发生断裂，海底地形变动。那可是最可怕的自然力量之一。

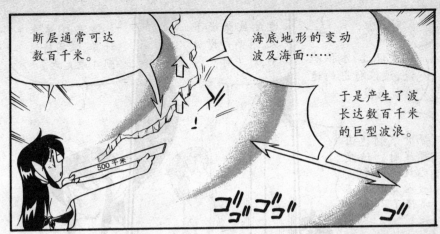

断层通常可达数百千米。

海底地形的变动波及海面……

于是产生了波长达数百千米的巨型波浪。

这浪是够大的，可是波幅才半米，也太没气势了。

波长与波幅不成比例嘛……

要气势？有啊。

如果在一个深4000米（接近世界海洋平均深度）的海洋发生一场海啸……

这场海啸的传播速度可以达到每小时700千米以上！

这速度比一般喷气式飞机还快。

不敢想像，海啸要是以这么快的速度扑向海岸……

别忘啦，

刚才说过，水位越浅，波浪行进的速度就越慢。

等波浪到达海岸线时，速度已经变得和一般人走路差不多慢了。

速度虽然慢下来，浪高却增加了，对不对？

说得很对。

按海深10米来计算，浪高将达到4米左右。

4米！

这有什么，一般的波浪也可以达到4米啊。

海啸为什么会有那么巨大的破坏力呢？

就一般的波浪而言，一个浪头打来……

并没有多少水量。

而海啸的一个浪头，后面跟着的可是几十千米深的海水。

哗——

单从正面看，好像海啸和一般的波浪没什么不一样……

等冲到了面前，才会体会到海啸的一个浪头，那真是叫做"持续不断，源源不绝"。

如果再配合以下的某些条件……

由于波浪的行进速度在水位较浅处要变慢，因此在接近沿岸时，波浪行进速度的减小造成了堆积现象，使浪高大为增加……

水位浅速度慢
水位深速度快

水位深速度快

波浪前进方向与海岸线成直角。

波浪进入"V"字形海湾。

从而造成沿岸地区重大的破坏及生命财产的损失。

※此外，涨潮、刮向海岸的强风等因素都可能进一步增加海啸的威力。

水位浅速度慢

水位深速度快

起初浪高不过半米的海啸……

在各种因素综合作用下，最后可能形成高度超过30米的滔天巨浪！

除了巨浪的冲击本身具有惊人的破坏力之外，别忘了，当波浪冲到顶点后退回之时，还会把一切东西全都卷入海里。

这才是海啸最恐怖之处！

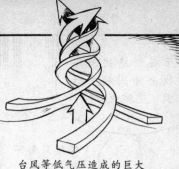

海底火山爆发引起的海啸。

沿岸地区海底岩层大面积塌方引起的海啸。

台风等低气压造成的巨大海潮，别称"风暴海啸"。

※除"风暴海啸"以外的普通海啸称为"地震海啸"。

除了地震，还有以上这些因素可以形成海啸。

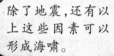

如果几个发生条件同时具备，海啸造成的破坏自然要更加严重了。

现在来说日本。

日本海形状较为封闭，海啸的能量难以向外扩散。

里阿斯式海岸，"V"形港湾众多，容易形成大浪。

太平洋一侧如果发生海啸，海啸将通过夏威夷海并积聚能量，正面冲击日本。

再加上日本又是个地震和台风的多发国家……

而且四面临海，有时候真有种无时无刻不面临着海啸威胁的感觉。

到底怎样才好呢？如果不知道海啸何时到来的话，根本无法采取对策啊。

干脆修墙把海岸线全部围起来好啦！绝对放心！

那船只都不要出海啦？

不错，海啸的可怕也在于它的不可预知性。

海啸的来袭常常没有任何前兆，当察觉时已经来不及采取什么措施了。

不过现在，我们可以通过采集、分析地震波的资料（地震波的传递速度比海啸快得多），

对海啸情况进行预报……

并发布警报，让出海人员、船只尽快离开海岸。

海啸来袭时，海岸是最危险的地方。

这是目前的最佳对策。

记住了！

一听到海啸警报就得赶快远离岸边，晚了可就没命啰。

就算海啸不来，我也不想再待在这里了！

毕竟现在才1月份，好冷啊……

银——抗菌战士

雅子,做什么呢你?

我,我没做什么!

抗菌剂?

这个词听着耳熟。对了,好像最近不少商品都打着"含抗菌剂"的招牌呢。

这"抗菌剂"到底是什么东西呀?

有什么作用呢?

对嘛。

问题是……

用脚趾头想想都会懂嘛！抗菌剂抗菌剂，当然是一种能杀菌的药物了。

毒药！一定是毒药！

毒药？要是我舔过这支笔会中毒吗？

你想舔笔，该不会就是为了确定抗菌剂的成分吧……

我看应该不是毒药吧？

要不这么危险的东西，哪儿可能随便卖？

你说不是毒药，那好，请问靠什么杀死细菌？

这个吗……

所以肯定是毒药啦！而且是可以毒死一头熊的剧毒！

越说越夸张了吧！哪有可能？

冰箱，洗衣机，麦克风，毛巾……

切菜板，衬衫，鞋垫，洗碗海绵……

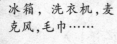

连坐便器上也有"含抗菌剂"的标志。

不做个调查还没发现，使用抗菌剂的东西还真不少呢。

原来这么多东西都涂了毒药啊。

都说不可能是毒药了啦！

再说，如果是涂上去的……

那衬衫啦，鞋垫啦，切菜板啦之类的东西洗上几次就该被冲掉了。

就你懂，那你倒是说说，"抗菌剂"究竟是什么！

被说中要害了。我也不知道……

我们应该从这么几个方面来考虑。

首先,细菌是极其微小的生物。

啊,彦雄也来了。

要能杀死这种微小的生物……

又不会被洗掉……

对人类自身却无害……

从坚硬的切菜板到柔软的毛巾都能适用。

说明它……

应该还是一种涂料……

是涂料为什么不会被洗掉?等于没说。

管它是什么,反正对人体有毒!

有那种两全其美的东西吗?真是便宜话!

要是没有,你倒说说看那可能是什么!

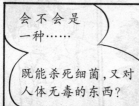

会不会是一种……

既能杀死细菌,又对人体无毒的东西?

69

两全其美的东西
当然是有的!

我是恶魔的克星——
银之女神……

叫我希尔瓦就
行了。初次见
面,请多关照!

古代传说银子弹
可以杀死狼人,

银制十字架
能够消灭吸
血鬼。

还流传有一种风俗,
认为使用银制的食具
能避免被人下毒。

我说……

拜托，这儿记录的可是我们科学探索的经历哦！

你们不是想了解抗菌剂的知识吗？

给你们个提示，就是"银"。

我知道呀。

原来抗菌剂就是银呀！

这不是直接给出答案了吗？哪里还是提示！

为什么会是银呢？

银……

在很早以前就被视作是一种具有神奇魔力的金属。

当然，今天我们应该以科学的态度来研究它。

到底银为什么能杀菌，又是如何杀菌的呢？

就由我银之女神希尔瓦带领你们探索科学奥秘吧！

这种人口中竟然说出"科学"，听起来还真不是一般的别扭……

银怎么能杀菌呢？我还是不相信。

要说杀菌消毒的药物，该是酒精、甲酚、碘酒、双氧水之类还差不多。

补充一下，芥末、辣椒、大蒜这些食物里也含有杀菌成分哦。

那倒也听人说过。

你们知道吗？双氧水中的"氧"……

空气中的氧气，还有臭氧也都具有杀菌能力。

这些和银都有什么关系嘛！

氧原子

氧气

臭氧

其实，

人们很早就认识到一部分金属具有杀菌作用。

都是些什么金属？

例如水银。

古代人们普遍将水银作为防腐剂使用。当然，水银对人体是有害的。

这是一具中国出土的保存了2000多年的尸体。

在水银的作用下，尸体不会腐烂，也就是不会成为细菌的食物，因此得以完整保存至今。

另一种金属是铜。

铜？

就是用来做电线芯和10日元硬币的材料，铜？

有人发现，伤员的生还几率与他们被何种子弹击中有一定关系。

在炮火纷飞的战争年代……

当然，还取决于他们的受伤程度……

但总的看，被铜壳子弹击中的士兵比被铅壳子弹击中的士兵生还率要高。

铅
铜

铅和水银一样，也是对人体有害的，是吧？

铜也未必安全。铜锈*同样有毒。

还不知道吧？

总而言之，可以确定的是，在铜的杀菌作用下，伤口不容易感染细菌。

铜

久等啦！

现在终于轮到银和金登场了。

要是铜壳子弹生锈，不就造成反效果了？

银和金？

*铜锈：即"铜绿"，其主要成分是碱式碳酸铜，与铜的其他化合物相比毒性仍属较轻。

75

这算哪门子的解释说明嘛，太糊弄人了吧。

就是就是。

银本身既然没有毒，为什么可以杀死细菌？

别急别急，一切包在我身上。我们要讲科学嘛。

现在，我就用魔法的力量，把经过抗菌处理的物体表面展现给你们看看！

放——大——魔——法！

看到了吗？ 表面上这一个个突出的部分就是银。

※抗菌剂表面模型。

这就是抗菌剂的庐山真面目。外面是一个"沸石"构成的四角结构，里面是银原子。

※有些抗菌剂使用陶瓷代替沸石，甚至直接用银。

沸石

通过各种工艺将抗菌剂溶入，

于是"含抗菌剂"的商品就诞生了。

抗菌

为什么不直接用银呢？

因为沸石能够提高银的抗菌效果。

银原子原本是紧密结合在一起的，就像相互吸引的磁铁一样……

在沸石的作用下，银原子间的结合无法保持，处于游离状态。

非常稳定

银 银

一个人

真没意思！

一旦发现细菌，银原子就冲出去和细菌体内的硫结合！

硫？

银 硫

77

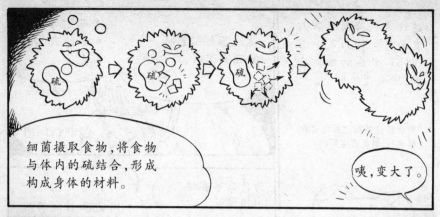

细菌摄取食物,将食物与体内的硫结合,形成构成身体的材料。

咦,变大了。

由于硫被银结合走了……

细菌摄取食物后无法再与硫结合,

身体得不到营养,用不了多久就会死掉。

铜、金以及水银也能产生相同的效果!

原来是金属破坏了细菌身体结构啊。

对人真的安全吗?

安全。人和细菌情况不同,人体构成并不需要硫。

银的抗菌范围
十分广泛。

天肠杆菌

金黄色葡萄球菌

沙门菌属

绿脓杆菌

黑霉菌

既具有抗菌
能力……

又对人体无
害,而且加工
不难……

加工时遇热
也不蒸发。

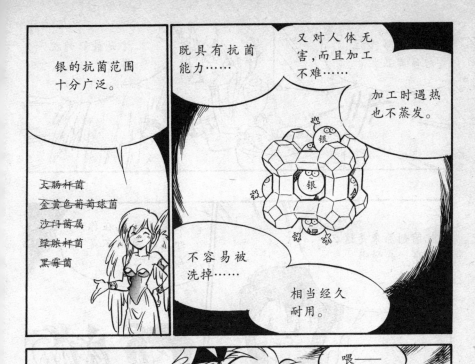

银

银

不容易被
洗掉……

相当经久
耐用。

看!用银制造的抗
菌剂多好,真是安
全又有效。

喂——

怎么和原来的
态度不一样啦?

别忘哕!

咱们地球上的细
菌无处不在。

抗菌剂的作
用范围毕竟
是有限的!

如果手太脏,光靠
抗菌剂也顶不了
多少用。

所以，多多注意日常卫生，

才是最好的抗菌方法。

抗菌剂原来是这么回事。我懂啦。

菜菜子，现在你知道抗菌剂不是毒药了吧？

说什么哪，我一开始就知道的。

外国不是有句话叫"含着银匙出生"吗？

所以银当然是无毒的！

那句话的意思是形容出生于富贵之家吧……

看样子她还是没有明白呢。

人为什么要小便

我先来的。

谁说的，先来的明明是我。

砰——

是我先到卫生间，我有权优先使用！

是我先打开的门，应该让给我！

你有完没完呀，快让开啦！

别挤我！

憋不住了！

唉，今天我怎么这么倒霉……

怎么个倒霉法？

？
？

不关你的事最好少问！

人为什么要小便呢？

因为人要喝水啊。

身体里多余的水分经过小便排到体外。

如果不喝水，应该就不要小便了吧。

可是人不喝水必死无疑呀。

哎哟!

※极度危险,切勿模仿。

我都好几天没喝水了,为什么还想要小便啊?

这个嘛……

是不是说明,小便不只是排出多余的水分这么简单?

就算不喝水,人还是要小便……

硬憋还会影响健康……

喂!

你以为我是在做实验吗?

小便到底是怎么一回事呢?

排小便可是人体不可或缺的

重要生理机能之一呢。

呀？

砰——

嗨！

我是小便问题的专家，名叫"肾晓遍"。

我发现你们对小便这件事好像有一些不太正确的认识。

下面就让我来带领你们一起探索小便中的秘密。

有点恶心……

说说看，你们是怎样认识小便的作用的？

不就是排掉身体中多余的水分吗？

通过小便，多余的水分将连同体内的一些没用的脏东西一起被排出体外。

这么说，

小便和大便一样，都是身体里的垃圾。

一个人要是拉不出小便可就糟糕了。

错了错了！

请你们不要把小便和大便混为一谈。

啊？

难道不对吗？大便、小便都是体内的垃圾吧？里面一定都是细菌。

不对！

刚刚排出人体的小便里……

是没有细菌*的！

真的没有啊。

对吧？

不准看！

可以说，大便属于"体外物"……

而小便属于"体内物"。

只要人本身没什么疾病，他的小便里就没有细菌存在！

不太明白……

大便为什么算"体外物"？

食物先被吃进嘴里，然后在体内被消化，最后才形成大便排出。怎么能说是体外呢？

不准拿我做演示模型！

单从表面上看的确似乎应该归入"体内"一类。不过通过下面这个演示模型会告诉你们，为什么大便属于"体外"。

*此处说的"细菌"泛指细菌、真菌等微生物。

87

食物在体内途经的通道其实是一条长管子。起点是嘴，终点是肛门。

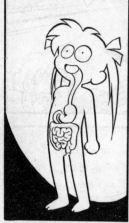

简单直观一些……就是这样。

如果还不好理解，就再放大一点。

哇！

食物进出的通道……

两端都与体外直接连通，只是多绕了好些圈而已。

实际上大便自始至终不过是沿着"体外"走了一趟。

因此细菌完全是出入自由的。

而小便则不同，它是经血液循环产生的，属"内环境"。

体内
体外
体外
体内

正常情况下细菌无法进入身体"内环境"。

因为有免疫系统在起作用。

所以，在刚排出的健康人尿液里检测不到细菌的存在。

不要看呀！

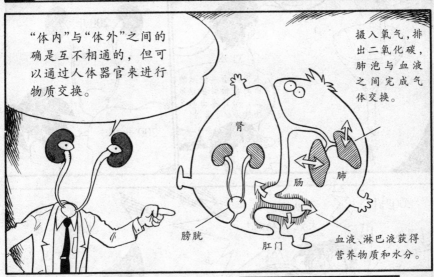

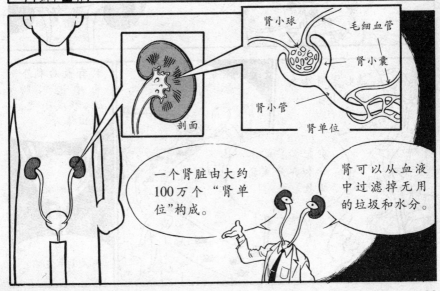

89

肾小球和肾小囊的作用类似于滤纸。

不同在于，滤纸滤出的废物留在滤纸上，而肾滤出的废物被排出了肾外。

左右两个肾合起来就有200万个肾单位。一个成年人每天经肾小球滤过的物质可达200升。

200升

200升嘛……

200升!

可以装满一个大汽油桶啊!

当然不是200升全变成小便。

连接着肾小囊的肾小管……

会把必要的水分和养分重新吸收。

只有最后剩下的才进入膀胱，形成小便，排出体外。

一天1升左右。

又过滤又吸收的，好麻烦的样子呢。

别看麻烦，这个过程可是意义重大。

举例来说！

一口气喝了许多水后，

大脑感应到体内水分的增多。

大脑下达命令，要求肾小管不要摄入太多水分，

于是排尿便增多了。

反之，如果长时间没有喝水，大脑就发出身体缺水的信号。

口渴感就是喉咙接到信号的反应。

这时候肾小管将在处理过程中截留更多水分，

以尽量满足人体需要。

此时排尿量就会减少，而尿色变浓。

原来是通过小便来保持体内水分平衡。

果然小看不得。

怎么样，是不是很厉害？

不要看！

可要到了太空中，身体处于失重状态，失去了重力吸引的血液上升到脑部……

大脑会误以为体内水分过多，因而发出增加排尿的错误信号。

人体竟然对体内水量如此敏感。

为什么需要如此敏感呢？

因为人的体内有70%是水。

所以？

嗯……所以很重要。

重要……怎么个重要法？

换句话说……

因此,只有可溶于水的食物才能被人体所吸收。

不溶于水的东西就算吃进肚子里,也是原样化粪排出体外。

可溶于水的营养物质和氧气等分别由肠、肺吸收,再通过"水"运送到全身各处。

肾是负责调节水量、过滤水中垃圾的重要器官。

尿

肾功能一旦损坏,也就是尿不出来的话,体内水分很快就会开始浑浊……

70%

体内的有害物质越积越多,遍布全身……

尿不出来。

继续发展下去就是死路一条。

ポク

会死人哪!

千万不要忽略了小便的重要性哦。

无法排尿可是一个极其严重的健康问题。

其实预防工作也不难做。

尿可以说是体内水分的缩影,

身体上的异常变化会直接在小便上反映出来。

所以喝完咖啡后小便,能感觉到尿里带有一丝咖啡的气味。

这就是尿检吗?

尿检未必都需要使用药物。仅从尿色、尿量、排尿情况以及尿的气味上已经可以看出很多问题了。

每天注意一下自己的小便,身体有问题就能及早发现。

95

咸咸的……

谁让你去尝味道!

正常人刚排出的尿液里是不含细菌的……

但小便毕竟是身体垃圾,味道不会太好。

说了这么多……

现在是不是对小便的意义和原理有了更深的理解了呢?

嗯。

小便不仅是维持生命必不可少的生理活动……

还是我们了解身体健康状况的晴雨表!

怎么样?

尿得出吗?

别人小便不用你们来关心啦!

机翼上的小秘密

嗖——

大型喷气式飞机真是个庞然大物。

全长有70米呢。

我怎么也不能相信，一个大铁块居然能在天上飞来飞去！

菜菜子啊，现在制造飞机早就不用铁，改用铝了。

是铝啦。

唉？

反正都是金属嘛。

我没看错吧？

什么东西？

那架喷气式飞机的机翼最外端……

为什么有点儿向上翘？

这还不简单。

喷气式飞机个头太大了，所以要把机翼折一部分起来才能开进飞机库啦。

真——的——吗？

你们用不着这样看我吧。

问题是飞机在飞行过程中机翼也还是翘着的啊！

......

那是飞行员忘记把它扳回去了呗。

我仔细看过了，机翼是原本就设计成那个形状的，应该不能扳动。

提问！

你们知道飞机为什么会飞吗？

是靠引擎产生的动力对吧。

比如螺旋桨的牵引力，或者是喷气的推力……

滑翔机怎么解释呢？

对啊，滑翔机没有引擎。

那……

靠翅膀。

飞机有翅膀，所以能飞起来！

答对了！

102

其实吉男的想法没有错。

飞机飞行确实用到了一部分风筝的原理。

但问题是，仅依靠这一个原理，如果想让飞机飞起来……

啊——

那么，推动前进的气流必须足够强大才行。

可是，

从飞机的形状设计上看，说明它需要尽量避免空气的干扰啊？

你懂得不少嘛。

…o

飞机的形状细长，其目的正是为了减少气流的正面冲击。

是空气阻力，对吧。

空气阻力具有一种"黏滞"性质。

对于体积越小、速度越慢的物体,黏滞性质表现得越明显。

空气有这种性质,难怪飞机飞不快。

可是如果没有这种性质,飞机根本就飞不起来。

啊?

空气随着飞机的前进而向后流动。

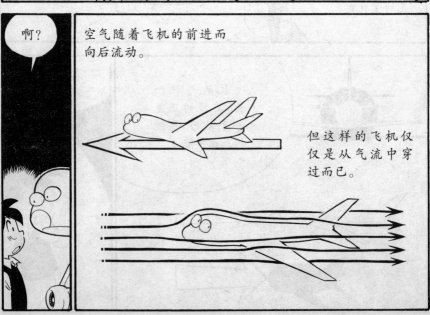

但这样的飞机仅仅是从气流中穿过而已。

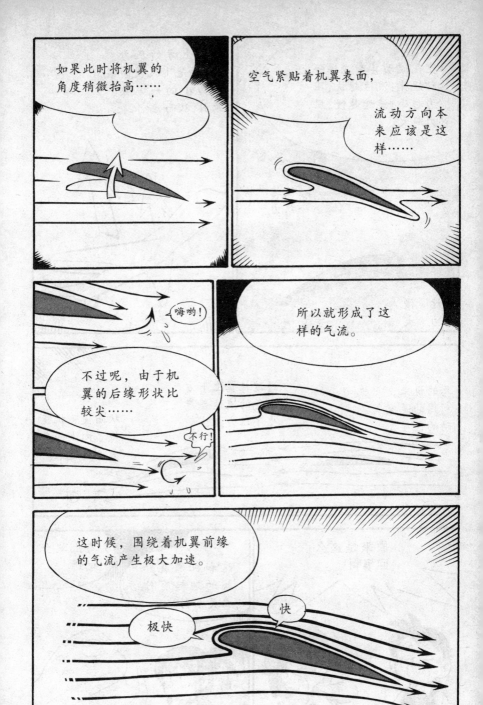

空气流动具有这样一种规律：流速越快，压力越小；流速越慢，压力越大。

流速　快
压力　小

流速　慢
压力　大

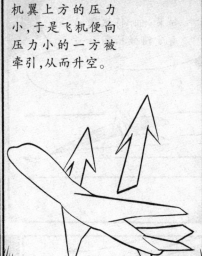

机翼上方的压力小，于是飞机便向压力小的一方被牵引，从而升空。

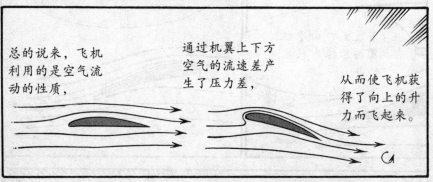

总的说来，飞机利用的是空气流动的性质，

通过机翼上下方空气的流速差产生了压力差，

从而使飞机获得了向上的升力而飞起来。

原来是这么回事啊！

喂！这和机翼最外端的翘起有什么关系啊？

马上就会说到。

有了机翼上下方的空气流速差，飞机才能飞得起来。

快

慢

如果把流速差用模型表示出来……

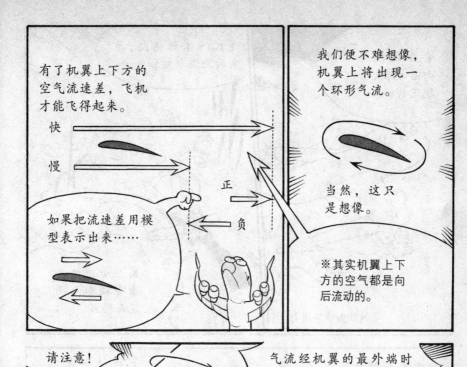

正

负

我们便不难想像，机翼上将出现一个环形气流。

当然，这只是想像。

※其实机翼上下方的空气都是向后流动的。

请注意！

气流经机翼的最外端时失去了轴心，在上下方流速差（压力差）的作用下，

空气从压力高的机翼下方流向压力低的上方，产生涡流。

机翼涡流的形成便不可避免了！

没有东西挡一下，这外侧的气流好不安分呀。

低

高

不要小看这两个涡流……

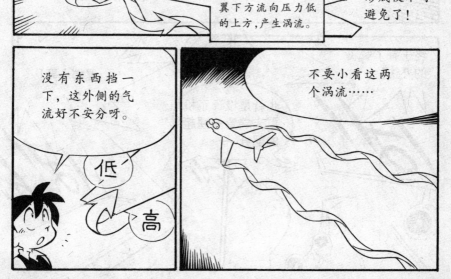

它会将机翼向后拖曳，干扰飞行……

飞机的体积越大，产生的涡流也越强……

啊！

某些小型机甚至会被卷入涡流而坠毁。

※这叫做诱导阻力。

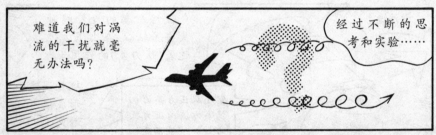

难道我们对涡流的干扰就毫无办法吗？

经过不断的思考和实验……

终于有了解决的办法！

也就是设计了机翼末端弯曲翘起的部分——

翼梢小翼！

气流翻卷得越细越小，涡流的吸力越强。

翼梢小翼能使涡流的翻卷增大并慢慢散去，从而使吸力显著降低。

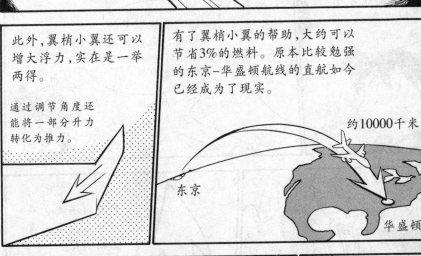

此外，翼梢小翼还可以增大浮力，实在是一举两得。

通过调节角度还能将一部分升力转化为推力。

有了翼梢小翼的帮助，大约可以节省3%的燃料。原本比较勉强的东京-华盛顿航线的直航如今已经成为了现实。

约10000千米

东京

华盛顿

东京-纽约航线足可省下5000升燃料。

也就是满满25大桶。

25桶！

不得了。

也有不少没装翼梢小翼的飞机呀？

安装翼梢小翼可以节省3%的燃料……

对于长途国际航线，飞机有没有翼梢小翼的差别当然非常显著……

但就国内短途航线而言，其差别几乎可以忽略。因此短途的多使用不带翼梢小翼的飞机。

长途航线才有"积少成多"的意义吧。

飞机的飞行原理，

还有上翘翼尖的秘密，我已经说完了。不知道你们听懂了没有呢？

懂是懂了，只是还有一个问题……

翼尖的涡流也不用担心，反正有翼梢小翼。

压力小

如果再将机翼角度抬高一点，升力不就更大了吗？

压力大

110

照你所说，机体将会因受到极大的空气阻力而降低速度。

要想提高飞行能力，需要根据速度和飞机自身大小来设计机翼。

再说角度如果过大，超过了空气流动中黏滞力的极限……

气流一旦分离，升力即随之消失。

分离的气流将机翼向后拖曳。

将导致绕过上翼面的气流无法连贯，而发生气流分离。

过分抬起的机翼相当于一个刹车装置。

这种状态称为"失速"。

失速？是失去速度的意思吗？

不，是上下翼面气流分离，飞机失去升力的意思。

原来机身自己不能飞，全得靠机翼呀！

不是！

只要条件具备，没有机翼的飞机一样能飞。

如果有足够强大的引擎，拖鞋飞上天也不是不可能的事。

机体自身产生"升力"。

这个属于比较夸张的说法……

莱特兄弟驾机升空是在1903年……

查克·耶格尔超越音速是在1947年……

回想起来，飞机技术的发展可以说是相当迅速了。

坐飞机也越来越安全了。

不过也还没有研制出不会坠落的飞机嘛。

最符合菜菜子安全要求的飞机，恐怕就是宇宙飞船了……

啊!?

只要飞出地球，就能在没有重力的宇宙里永远"飞行"着，够安全吧！

不要啊……没有氧气了！

让我回去！

聪明的 ATM 机

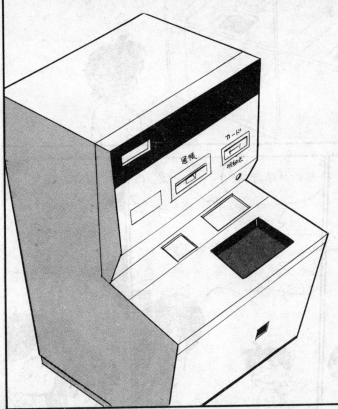

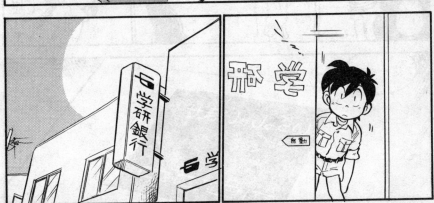

吉男,你在做什么呢?

想抢劫银行吗?

不要胡说好不好!

其实……

是这个东西……

这个吗?

いらっしゃいませ

不就是银行的现金提款机(CD,Cash Dispenser)嘛。

这点常识我还有。

我说的是……

哇!

你们两个想联手抢劫银行?!

才不是啦!

你看……

那是现金提款机啊。

我们没打算抢银行!

我刚才想说的是……

什么!

什么?

明白了……

学研銀行

你想问的是……

らっしゃいませ

为什么这台现金提款机……

只要用手触摸屏幕就能……

请等一下！

117

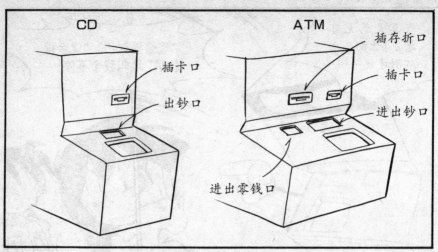

CD

ATM

插卡口

出钞口

插存折口

插卡口

进出钞口

进出零钱口

以后请不要再叫错啦。

原来这两种机器还真是不一样。

自动柜员机还可以存款。

是。

存款?

就是把钱存入账户啊。

哇……会不会有谁把钱存进我的账户呢?

做梦吧你。

总而言之,现金提款机的功能仅限于提取现金,

而自动柜员机还可以存款和打印存折。

嗯,总结得不错。

本来只能在柜台办理的业务,现在可以由机器代办了。

话说回来……

为什么……

人机对话全都是在这个屏幕上进行的,没错吧。

碰碰屏幕等于按下按钮呢?

嘀——

这个问题简单。我来说!

屏幕表面一定排满了按钮嘛。

那还看得见画面显示吗?

那到底是怎样?你倒是说说看啊!

难道是装在屏幕下面?

那最多只能装一个按钮不是?

我也在想嘛。

莫非……

屏幕表面上有看不见的按钮?

有吗?

好像没有。

摸上去没什么特别的感觉。

挺光滑的。

这真是怪了，不可能没有按钮啊。

喂，怎么才能给屏幕装上按钮？

屏幕上⋯⋯

并没有什么按钮哦。

那，那⋯⋯

别急，给你个提示：屏幕边缘有玄机。

屏幕边缘？

屏幕边缘藏着许多光传感器。

哦！

光电式

看不见的按钮，就是这张纵横交错的光网*。

※ 实物的排列更为紧密。

光网距离屏幕只有0.2毫米……

以3毫米的间距扫描触摸画面的物体。

真看不出来呢。

此外，

还有一种触摸屏，其结构简单说来就是两层隔开的透明薄膜。

薄膜内侧粘有网格状分布的导电物质。

薄膜屏式

*译者注:屏幕四边排布红外发射管和红外接收管，一一对应形成一张红外线光网。

123

薄膜屏式设计能准确感应到"按"的动作。

而光电式虽然能探测出你的手指停留在什么位置，

却不能确定你是不是真的按了。

传感器离屏幕才0.2毫米，既然能检测到就说明八成是按下了吧。

也是。

而且薄膜屏式在显示方面，分辨细节的能力要胜过光电式……

现在该说说薄膜屏式的缺点了。盖上薄膜屏后画面显示就不如原来清晰了。

从使用寿命的角度考虑，还真是个问题。

一旦薄膜屏表面磨损或弄脏，画面就会变得越来越不清晰了。

科技在日新月异地发展，我们这些银行设备也在不断地更新换代。

刚开始的时候，机器上只有显示栏和按钮。

后来，有了屏幕。

如今，连按键都不需要了，只要用手指点击屏幕就能操作。

这是一台最古老的现金提款机。

哇！

密码输入居然不是用按键，而是用拨盘！

好像老式电话……

而且这种老式机器不能任意指定取款额，每次出钞金额是固定的。要多取钱只能靠多次操作。

叭

说实在话，能随时取到现金，尤其在银行关门的时候，这已经是很大的进步了，但是我们总还希望能指定取款额，甚至是打印存折。

不错，人们对"便捷"的追求是永不停息的。

在这种动力的驱使下，

指定取款额的功能具备了；

打印存折的功能具备了；

现在连存款的功能也具备了。提供的服务越来越多……

CD
现金提款机

ATM
自动柜员机

多功能ATM
自动交易机

这就是我们家族的发展历程！

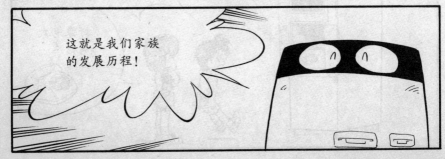

126

照这种趋势发展下去，说不好以后都见不到银行柜台，全改成ATM机了呢。

那是不可能的。

我们自动柜员机终究起的还是辅助作用。

想想路边的自动贩卖机吧。一旦它内部的商品卖完了，机器也就发挥不了作用了，对不对？

不管什么机器，无论其技术多么先进，终归是需要人来制造、使用、管理的。

在过去……

存款归存款，取款的钱必须另外预备，两部分钱是分开处理的。

现在的ATM机就不一样了，如果取款储备金不足，可以用存款货币周转支付。

127

ATM机当然要肚子里有钱才能工作啰。

原本一旦机内的钞票被取光,ATM机的工作即告停止。有了后台机器人,就能在各台ATM机之间运送货币,确保支付工作正常进行。

现在有了一种新构想,称为"后台机器人"。

后台机器人?

哇!这都行啊?

当然了,我们自动柜员机是会不断发展更新的嘛!

我说……

来这儿了不存点钱再走吗?

……

不好意思,失陪了。

飞轮电池

汽车尾气真是危害不小!

里面尽是一氧化碳、二氧化碳和氮氧化物!

对地球环境的危害太大啦!

菜菜子你没事吧?怎么突然……

我关心环境问题有错吗?

我看呀,她一定是来学校路上被尾气熏到了才会这么说的吧。

是又怎么样?难道对尾气问题放任不管吗?

那你有什么好点子吗?全面禁止汽车?

对了!

电动汽车!

用电动机来做引擎,肯定不会产生尾气!

电动汽车总要充电吧,这样电站方面又会产生二氧化碳的。

发电方法很多,又不是非得火力发电。

选择一种没有燃烧过程的方式来放电,二氧化碳就不会产生。

那蓄电池的问题怎么解决?

蓄电池可以多次充电、放电,固然是方便又经济,

但充电个几百次,它的寿命也就到头了,最后就要回收处理掉。

要是电动汽车的数量多起来,回收处理蓄电池的速度跟不上,一样引发环境问题。

与电池有关的问题，就交给我们"一次电池"和"二次电池"兄弟来……

等一下！

今天的话题，好像应该我来做主角比较合适哦！

拜拜！

我有种预感，那两个家伙会在下一集里出场……

嗯……

你又是谁呀？

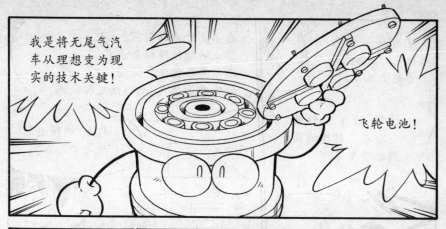

我是将无尾气汽车从理想变为现实的技术关键！

飞轮电池！

飞轮电池？

小型的飞轮，就好比玩具回力车里带齿的转盘。

松开绞紧的转盘，齿轮就转动起来。是一种储存动力的装置。

储存动力？

我拉着这个旋转椅绕圈！

比如说……

一旦把它带动，放开手它还能转上一会儿。

这时候若伸手抓它,还会被带着跑上几步。

说明"动力"已经被储存在旋转椅的圆周运动里了。

在不受外力作用下,静止的物体保持静止;运动的物体保持运动;物体质量越大,越难改变其状态。

称为"牛顿运动定律"。

飞轮是运用了运动定律的典型代表。

哦……

这么说……

不用马达,用飞轮做动力!

先在类似加油站的地方,用马达使飞轮旋转起来……

之后,汽车就能在路上跑了!

再也不用为电池的各种问题而头疼了！

喂，喂，不太对吧！

用马达带动后，一开始飞轮的转速最高……

随着能量的释放，转速将越来越低。

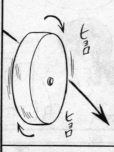

换句话说，如果直接将飞轮作为汽车动力，只有一开始能达到全速。

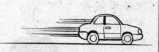

之后只会越开越慢。

用齿轮箱来恒定速度行吗？

过去并不是没有做过尝试，问题在于……

要维持汽车的长时间行驶，

齿轮和轴承强度也限制了转速。

需要极其笨重的巨大飞轮。

因而这是不现实的。

那要怎么办？

当然是用储存在飞轮里的电力……

来驱动马达了。

原来如此!

飞轮里储存电力？不对吧？

难道是静电？

不，就是普通的电流。

那怎么……

你知道发电机和马达的工作原理吗？

两者的构造，都是一套线圈和一对永磁铁……

只不过发电机是把动能变成电能，而马达是把电能变为动能。

撇开具体的机械差别不说，发电机和马达的工作原理正好相反，请看下面的图。

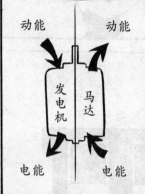

动能 —— 动能

发电机 马达

电能 —— 电能

给飞轮里装上磁铁，盖子上装上线圈……

就成了一个发电机与马达的结合体。

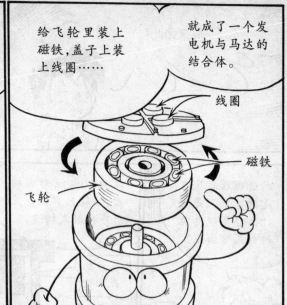

线圈

磁铁

飞轮

给线圈通上电，可以令飞轮转动；

利用飞轮的转动，又可以产生电流。

转动

这种既能将电能转化为动能，

又能将动能转化为电能的机械构造，就叫"飞轮电池"！

转动！

充电

放电

※ 两个飞轮各自向反方向旋转，可消除陀螺效应。

137

原来如此!

构造原理我现在是懂了。只是为什么非要以电能的形式输出呢?

因为以电能形式输出,飞轮内部就能采用非接触式构造,

这样飞轮旋转的动力就可以被充分利用,保证能量不会有什么损失。

里面是真空。

没有空气阻力!

轴承之间依靠磁力保持悬浮状态。

没有摩擦!

如果直接通过齿轮输出动力,

能量会在轴承和齿轮的传递过程中有所损失。

而且能量通过电流来输出的飞轮,可以做得比较小。

可是……

实际上就这么大!

再说,如果直接用飞轮驱动汽车,飞轮必须具有一定的体积和重量才行。

每个电池个头都小,用电线把多个电池连接起来,就能达到驱动汽车的目的了。

变成真正的汽车电池了。

而通过电能驱动,则只要求飞轮转数越多越好。

总共20个!

而且体积小,安装也方便。

这种飞轮不也能分成小个吗?

那么相应传输动力的齿轮数目就要增加,因此而多出的重量更是浪费,所以没有意义。

刚才也说过了,通过电流输出能量的飞轮内部不产生摩擦……

时间一长,差别就十分明显了。

因而使用起来不会磨损。

磨损
断裂
故障

相比普通车载电池，飞轮电池的优点更是显而易见！

普通电池利用的是化学能，一般充电几百次后就失效了。

而飞轮电池能反复充电达10万次，直到材料疲劳报废！

10万次！

材料疲劳？

反复这样拗一根针……

不用多久就能折断。

任何材料被长期施加外力都会脆化、损坏。

报废之前充电10万次没问题。

大约25年！

果然厉害。

同等重量下比试能量，我们是普通电池的3倍以上！

最多甚至可以达到5倍左右。

※ 同等能量下，自然是轻者取胜。

只是比起汽油，我们飞轮电池还算是重的。

ところが！

不过，要是连发动机的重量也一起算上，我们又是最轻的。

行车轻便上，我们是当之无愧的冠军。

反正我永远是最后。

车身越轻，瞬间爆发力自然越强。加速到100千米/小时只需7秒！

1次充电，即可行驶500千米以上！

就性能而言已经接近燃油汽车！

而且没有尾气！

既然这么好，为什么至今还不能生产？

主要是材料上的问题。

材料?

知道离心力吗?

知道。

就是物体做圆周运动时,在物体上产生的背离圆心的力。

飞轮的旋转速度越快,储存的动力越多……

而受到的离心力也越大,如果过分提升转速……

超过了材料强度,飞轮将因无法承受而炸裂。

好危险呀!

看来转速太快了还不行。

因此,最初的飞轮电池转速只有每分钟3000转。

钢制

1950年

直径1.6米
重量1.5吨
最后,只能用在巴士上。

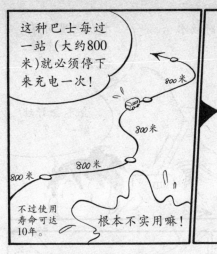

这种巴士每过一站（大约800米）就必须停下来充电一次！

800米
800米
800米
800米

不过使用寿命可达10年。

根本不实用嘛！

现在已经生产出了强度高、重量轻的碳素纤维飞轮。

碳素纤维制成

转速达到每分钟5万至20万转！

耐高速旋转材料的诞生，标志着飞轮电池已经向着实用化迈出了重要的一步！

……

我还是想不通……

电力怎么能储存到飞轮里去呢……

真是白费了人家的讲解。

我再举个扬水发电的例子给你！

扬水发电？

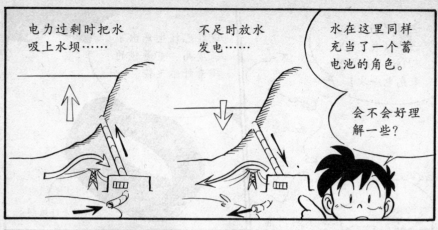

电力过剩时把水吸上水坝……

不足时放水发电……

水在这里同样充当了一个蓄电池的角色。

会不会好理解一些？

直观点倒是好理解了不少……

对了！我有个办法！

扬水式电动汽车！

比飞轮电池汽车构造简单，也没有公害。

咦！为什么开不动？

啊！水……漏水了！

144

电池家族

咔咔

折腾了半天，原来故障原因是……

电池没电了！哈哈哈……

一颗电池就这样没用了，感觉好浪费呀。

光看外表根本不知道里面有电没电……

谁会想得到问题出在电池嘛！

先检查电池才是正常思维吧。

充电电池就比较经济实惠啦，能反复充电好几百次。

为什么？

因为不是充电电池啊。

那你帮我把这些电池充上电吧。

这些电池没法充电。

你倒是说说，充电电池和普通电池的区别在哪里！

……内部构造啰。

哼，糊弄谁呀！

要详细解释来！

啊啊……

好啦，我承认我不知道那么详细啦。

平时还真没怎么注意这个问题。

拆开看看好了……

等一等！

有的电池内部可能含有危险化学品！

所以，绝对不可以拆开电池！

是谁？

你……

……下一句八成要介绍自己是"电池问题专家"。

初次见面请多关照！我是电池问题专家，名叫电池一次郎！

上一集见过面啦。

今天我来带领大家学习电池的知识！

先问个问题，你们知道什么是"电"吗？

啊？

当然知道了，我还尝过"电"的味道呢。有点辣！

不要说这种无聊的笑话，OK？

那你们知道什么是"原子"吗？

原子是物质的最小单位啊。

电子

原子核

没错！

每一种元素以其原子的质量为最基本特征。

氢

氧

钙

铜

而由原子组成的分子则构成了各种各样的物质。

围绕原子核运动的"电子"带有负电荷。这正是"电"的来源！

149

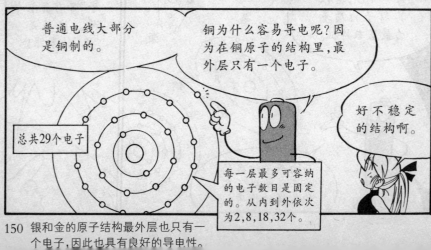

银和金的原子结构最外层也只有一个电子,因此也具有良好的导电性。

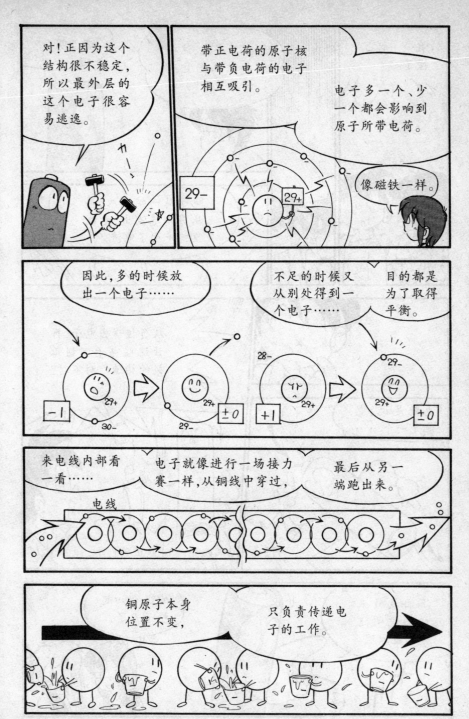

为便于理解,这里画的是原子。实际上电荷的传递是以分子为单位的。

哦……懂了懂了。

说了半天，这些和电池究竟有什么关系？

还没明白？

电子从一端流入，再从另一端流出，电线里就产生了电流。

也就是说，电池是一个……

从负极送出电子，再让这些电子回到正极的构造！对不对？

啊！

IN

OUT

回答正确！

下面我就来详细说明这个构造原理。

它怎么切起橙子来了？

152

不是让你吃的!

这是个最简单的电池实验模型。

发光二极管

锌板

铜板

小气!

橙子

这就是电池?

真的发亮了!

呀!难道电池里含有橙汁?

怎么就能发亮呢?

这个实验模型解释了大部分电池的基本构造。

当然用的是其他材料啦。

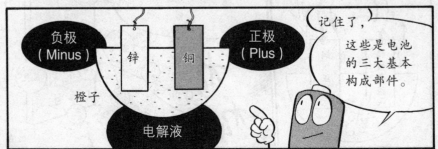

负极
(Minus)

锌

铜

正极
(Plus)

橙子

电解液

记住了,这些是电池的三大基本构成部件。

电解液是什么?

可以导电的溶液。

白糖水行吗?

不行,白糖水不导电。

我们把锌板(负极)放进电解液里……

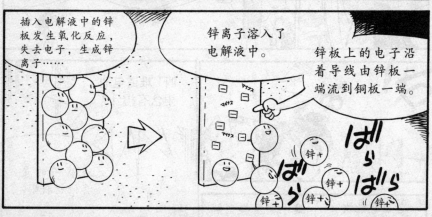

插入电解液中的锌板发生氧化反应,失去电子,生成锌离子……

锌离子溶入了电解液中。

锌板上的电子沿着导线由锌板一端流到铜板一端。

锌+　锌+　锌+　锌+　锌+

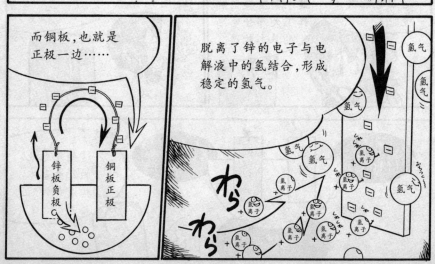

而铜板,也就是正极一边……

锌板负极　铜板正极

脱离了锌的电子与电解液中的氢结合,形成稳定的氢气。

氢气　氢气　氢气　氢气

氢离子　氢离子　氢离子　氢离子

电流

电池将持续放电到锌全部溶解为止。

富余电子
锌
溶解

氢气
氢离子

电子逐渐消耗

怎么觉得这锌像是种发电燃料似的？

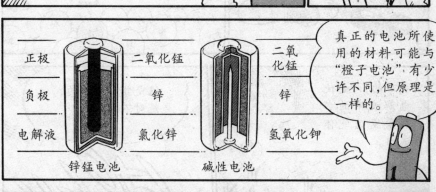

正极
负极
电解液

二氧化锰
锌
氯化锌

锌锰电池

二氧化锰
锌
氢氧化钾

碱性电池

真正的电池所使用的材料可能与"橙子电池"有少许不同，但原理是一样的。

说到底，原来只不过是电解液不同而已啊。

强化电解液，增加锌量。

实际制作工艺上也存在少许差别。

无论增加多少，一样会有用完的一天啊。

知足吧，至少已经增强了3倍电力了。

等等！

如果倒过来给电池通上电，

让锌恢复成原来的状态，不就……

155

为什么不行?

锌锰电池和碱性电池是不可以充电的!

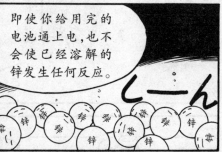

即使你给用完的电池通上电,也不会使已经溶解的锌发生任何反应。

相反的,却会使电解液中的水和氯变为气体逸出。

氯气
氯气
氢气
氢气

这是非常危险的,绝对不要尝试!

真是的,要是有一种电池材料在用完之后又可以复原就好了。

充电电池……

莫非用的就是这种材料?

还用说嘛。

不容易啊，终于轮到我二次郎出场了！

用完以后不能再用的电池叫"一次电池"，可以充电的叫"二次电池"。

是这样啊……

这是大家最熟悉,也是最出名的充电电池,镍镉电池！

"镍镉"(Nickel-Cadmium) 可以缩写为Nicad。

这种电池的正极是碱式氧化镍,负极是镉,电解液是氢氧化钾水溶液。

2NiO(OH)

2KOH

Cd

其特征是极板不溶解,以电解液为媒介……

在产生电流的过程中正负极物质相互转化！

嗨!

电解液

嗨! 嗨!

使用前

如图所示,这是一个可逆的过程。

使用后

碱式氧化镍
NiO(OH)

氢氧化镍
Ni(OH)$_2$

镉 Cd

水

氢氧化镉
Cd(OH)$_2$

正

充电

负

放电

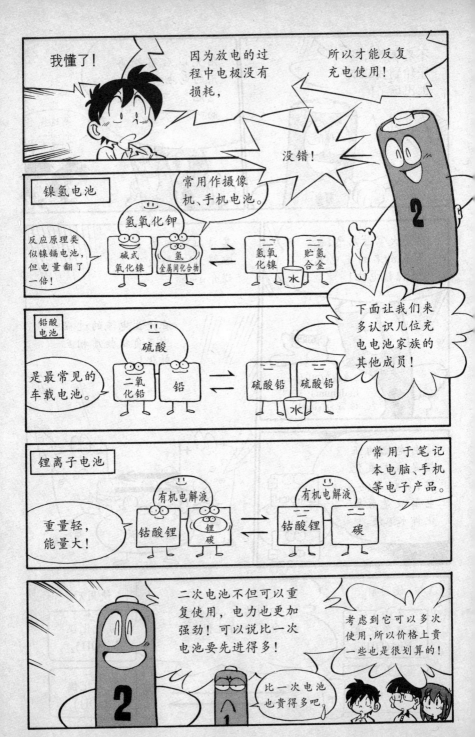

158

159

再说，万一在一个没有电源的地方用光了电，充电电池就派不上用场了不是？

能随时随地提供电力，

正是一次电池最大的优点！

山上！

海上！

我们没必要争论哪种电池更好。

说得好呀！按照自己的需要，选择最合适的电池！

按自己的需要，选择最合适的电池才是最实际的！

耐寒　价格　电力　寿命

啊……

放不进去！

电池性能再好……

对于连电池的大小和形状都不会分辨的人……还是算了吧。

大象与老鼠谁更长寿

球球就这样死了。

它才活了10岁，太不幸了！

想想养猫还真是不划算。

猫的寿命顶多20年……

而人可以活到100岁……

再怎么用心去养，猫也只能陪伴人一生中五分之一的时光。

下辈子我可不想转世成一只猫！

那想转世成什么呢？

鬼呀！

猫有9条命呢，我还活着呀。

9条命？

喂喂喂,这可是探索科学的漫画。迷信的话在这里不要说比较好!

明白,明白。

我的复活经历暂且不提。

刚才你说养猫不划算,是因为觉得猫的寿命太短,对吗?

对啊。猫最多活上个10年、15年的就会死掉嘛。

比起人类的寿命当然短得多了。

我们有9条命,你忘记乘以9了。

我们要讲科学,拜托!

的确,如果按绝对时间长短来计算,猫比人的寿命当然要短得多。

但是!

对于猫和人来说,对时间长短的理解并不相同。

对时间的……理解?

163

最近《哆啦A梦》看多了……

时光机?

让我想想……

这是大象。

这是牛。

先告诉我这是什么地方!

大象和牛都属于悠哉悠哉的慢家伙。

而老鼠则是生性好动、活蹦乱跳的,对吧?

那当然了。

谁见过大象整天上蹿下跳的?

你要说什么就直说啦!

你注意过吗?

大个子动物行动缓慢,沉着稳重;

小个子动物行动敏捷,活泼可爱。

前者寿命较长,

后者寿命较短。

莫非动物的寿命和体形大小成正比……

那不就是说，如果各种动物个头都一样大，寿命将也一样长？！

这怎么可能嘛！

你当真那么想？

给你看些数据吧，挺有意思的。

这是生物自出生到死亡，呼吸的总次数……

以及心脏跳动的总次数。

5亿次

20亿次

这组数据对几乎所有的哺乳动物都适用。

不会吧?

换句话说……

无论是大象还是老鼠,5亿次呼吸……

20亿次心脏跳动结束之后……

生命就要宣告结束了。

我……我不呼吸……

没用的,那只会让你死得更快。

要不就停止心跳……

更是死路一条!

所谓的次数只不过是个大概数值,不用那么在意啦。

重点在于我下面要说的,动物的生命节奏。

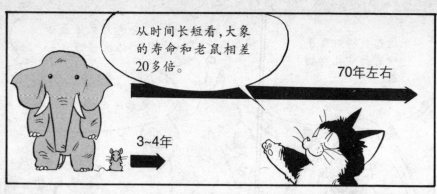

从时间长短看,大象的寿命和老鼠相差20多倍。

70年左右

3~4年

但从心脏跳动次数上看,两者则完全相同。

20亿次

同样一碗面,老鼠吃得快,大象吃得慢,所以大象吃面时间长。是这么个意思么?

当然,你要这么想也不能说是不对啦……

至少你现在已经明白，光从时间长短上比较大象和老鼠的一生是没有意义的。

嗯。

其实各种生物一生中要做的也就那么几件事……

呼吸，吃饭，繁殖后代……

只不过个头小的动物做任何事都必须抓紧时间。

何必那么赶呢……

有这么几个原因。

你说说看，生命活动中最重要的事是什么？

吃饭！

对。一部分食物经消化吸收后成为了身体的一部分；

更多一部分食物在体内燃烧，释放出热量。

めら

相比起来……

个头越小的动物，体内的热量散发得越快！

这不对吧？

怎么看都应该是大象的散热面积比较大啊。

说到表面面积嘛……

ぬぎっ

表面面积越大，相应地，热量散发速度也就越快。

不过，别忘了考虑体积，也就是动物的个头或者说体形。

你看，杯子里的热水，不一会儿就凉了……

但浴缸里的热水却凉得很慢，没错吧？

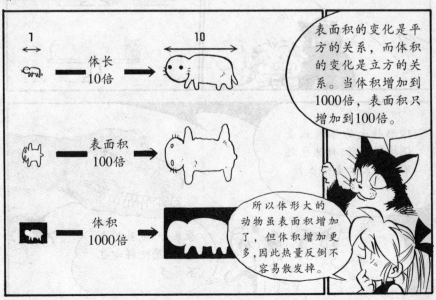

1 ←→ 10

体长10倍

表面积100倍

体积1000倍

表面积的变化是平方的关系，而体积的变化是立方的关系。当体积增加到1000倍，表面积只增加到100倍。

所以体形大的动物虽表面积增加了，但体积增加更多，因此热量反倒不容易散发掉。

而体形小的动物由于热量散发得太快……

因此必须靠不停地吃才能保证体内热量充足。

鼹鼠每天的进食量相当于自己的体重。

人类当然不可能吃那么多。

相反,体形大的动物食量就少得多了。

以动物园里的大象为例,一头体重6吨的大象每天需要吃掉285千克饲料,但这不过是它体重的1/20而已。

算你厉害!

体形越大的体内热量保持得越好,自然也就不用成天忙着吃东西。

原来,恐龙虽然个大,但是吃得却也不算多呀。

172

还是大个的动物好，生活又悠哉，寿命又长。

在寒冷地区，动物的体形普遍比较大。体形越大就越不怕冷。

个儿越大越不冷。

个头大也未必都是好处。

就拿奔跑来说吧……

个头大，步子当然也跨得比较远……

可是，论冲刺的速度，个头小、身体轻的动物就要远远胜出了。

再说，万一生存环境突然发生了变化……

173

小型动物能大量繁殖后代，以此适应环境变化。

大型动物虽然长寿，可学不来这个本事。

不过，小个的动物终究短命呀，还是划不来。

等等！

我刚才不是说过了吗……

对不同动物而言，时间长短的概念是不一样的。

像大象一类的长寿动物，行动上最显著的特点是什么？

做什么都不紧不慢的。

那么慢，看得我简直都要睡着了。

它的手脚怎么就不能麻利点儿呢？

174

其实……

观察比自己长寿的动物的动作，觉得很慢是吧。

但是相对于它们的个头而言，它们的活动速度是不快不慢刚刚好的。

虽然寿命够长……但行动也相应缓慢……

无论寿命长短，每种动物的一生都是充实的……

对极了。

在体形小、寿命不如人类的动物看来……

有些动物会觉得人类很迟钝，就像大象给人类的感觉一样。

人类的动作真是慢得可以哦。

寿命再长也不过是浪费生命……

原来在你眼里……

175

不同的体形,不同的时间概念。

以人类的体形、人类对时间的观念为标准衡量其他动物的行为,根本没有意义。

现在……

每一种动物都有自己的时间概念和生活频率。

你还觉得我的寿命太短……

养我太划不来吗?

只要努力生活过,就是充实的一生,无怨无悔。

该走了……

放心,我还剩下8条命,以后会再来看你的。

等一下,不是说好了在这里要讲科学的吗?

人为什么会做梦

搞不懂！

人为什么会犯困想睡觉呢？

按照一天8小时来算，人的一辈子里有三分之一的时间要花在睡觉上。

睡觉

清醒

太浪费生命了！

人要是能不用睡觉，每时每刻都保持清醒，

充分利用生命中的分分秒秒，那该多好啊！

有可能吗？

因为人不睡觉就会死掉。

我看你就算一天24小时保持清醒，也未必见得会有效地利用时间吧……

179

真的会死吗？

我是梦之女王。

专程从梦之国度赶来，为你们答疑解惑。

科学漫画里怎么总是不断出现这样的奇人怪事？

好阴森的穿着啊。

真没礼貌！

要说科学，我懂得可比你们多多了。

首先纠正你们一个错误的认识。

人类绝对不会因为缺少睡眠而死亡！

真的吗?

在美国、日本都曾进行过连续剥夺睡眠的实验，美国11天，日本4天。

本书的作者也曾连续92小时没有睡觉。

那结果呢?

又精神百倍了?

人不但没死……

好好睡过一觉后，第二天又精神百倍了。

身体没有什么异常吗?

持续不睡到第三天左右，开始出现一些幻觉……

天上的烟花真漂亮!

谁在叫我?

但身体方面一切正常。

日常饮食方面完全没问题!

这告诉我们什么呢？

说明不睡觉并不影响身体机能，

但头脑无法保持清醒，不能正常工作。

不睡觉虽然死不了人，可是……

读书学习之类的脑力活动就无法顺利进行了。

那可以做一些不用脑子的事啊。

原来菜菜子的大脑里清醒和睡觉没有差别……

你说什么呀！

其实，

即使意识处于清醒状态，人脑依然时不时偷偷打盹。

小睡一会儿。

大脑在意识清醒状态下打盹?

没错。

在连续剥夺睡眠实验中发现,非睡眠状态下也常常产生睡眠状态的脑电波。

也就是说,看上去人是醒着的,但实际上在睡觉。

这个时候……

明天打个电话给我好吗?

放心,把敌人全部歼灭只是时间问题……

喂!你有没有听懂我在说什么呀!

准备开炮……

看到了吧,根本不知所云。

真的

太危险了!会误事的!

还有更危险的。

比如说夜间驾车。

好困啊。

不过就剩下一段路了，坚持到最后吧！

虽然他本人想努力打起精神来……

唉？

开关 OFF

但是脑子已经困得不听使唤了，于是……

唉？

カ゛リ゛ン゛ン゛ー゛ー゛！

怪事！眼前怎么突然冒出根电线杆呢……

这就是疲劳驾驶的后果。

还真是……

表面上看还醒着……

而其实已经像睡着了一样什么都不知道了。

菜菜子，你现在真的清醒着吗？

你想说什么！

真不明白，为什么生物就一定要睡觉呢？

对呀！

这才是关键问题！

那就要从远古时期说起了。

生物必须猎取食物才能生存下去，

问题是天黑以后，找食物就很困难了。

如果猎取不到食物，能量消耗却和白天一样……

结局就是饿死。

因此，生物选择在夜间休息，

停止活动以减少能量消耗，从而产生了睡眠行为。

这是对生物为什么要睡眠的一种解释。

原来菜菜子属于不擅长猎取食物的那种……

说什么嘛!

我们人类不是白天、夜里都能工作吗?

为什么还是想睡觉?

因为习惯。

而且未必要在夜里……

当觉得无聊、无事可做时自然也会想睡觉。

对睡眠的第二种解释,是"脑休息说"。

难怪,难怪!

你们又在难怪什么!

大脑随着进化而不断增大。

睡眠也可以看作是大脑的一种休息。

大脑除了思考、感觉、记忆之外……

也需要休息，其休息活动就是睡眠。

我的大脑工作得那么辛苦，也该让它好好休息才是呢！

应该说菜菜子的大脑休息得那么辛苦，也该让它好好工作才对吧！

你还说！欺负人！讨厌！

其实严格地说，目前为止还没有一个关于睡眠作用的定论。

不过我已经尽我所能加以解释了。

能明白吗？

嗯，明白了……

是做梦吧？

行啊你！

上课的时候还会做梦！

啊……

……梦中梦？

……

做什么梦嘛，害我这么惨！

Hi!

梦之女王再度登场！

你来干什么？

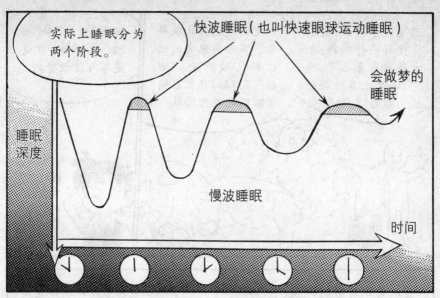

实际上睡眠分为两个阶段。

快波睡眠（也叫快速眼球运动睡眠）

会做梦的睡眠

睡眠深度

慢波睡眠

时间

身体处于放松状态时的"慢波睡眠"。

即将睁开眼睛，身体接近觉醒时的"快波睡眠"。

只有在慢波睡眠的浅睡期以及快波睡眠阶段，人才会做梦。

为什么？

这是因为在这两个阶段，大脑各区域的活跃程度不同所致。

梦发生在大脑部分区域睡眠，而部分区域清醒的时候。

为了便于理解，我们做这样一种假想：把大脑内负责思考、感觉、记忆之类活动的区域称为"新脑"。

而把用于储存比较早期、不参与思考的记忆的区域称为"旧脑"。"旧脑"往往在快波睡眠期较为活跃。

如果"新脑"和"旧脑"都睡着，肯定是不可能做梦的。

※有关睡眠与梦产生机制的科学研究仍在进行中。

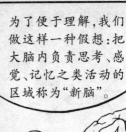
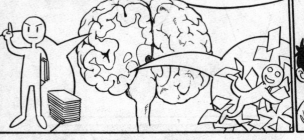

当人意识清醒的时候，一切事务均由"新脑"负责，只提取必要的记忆使用。

非必要记忆的提取也仅限于与思考相关的资料。

只提取必要的信息！

"旧脑"　　"新脑"

然而一旦主事的"新脑"睡着了……

"旧脑"中所存储的记忆就失去了管理，散乱开来。

临睡前思考的事，或者是睡眠中接收到的声音等刺激，构成了"梦"的内容。

梦

看恐怖片后做噩梦原来是这个道理。

曾经有人做过试验，用亮光照射刺激睡眠者的脸，结果使其梦见了火灾。

谁也不知道自己会做什么样的梦……

不过做梦本身也是件挺不错的事。

有时候，不过是某时某地擦肩而过，

之后就连是否见过都不记得了……

见过却不记得。

噢，当时彦雄居然也在场！

然而，那时的情景却能在梦中再现。

见过并记得。

191

还有许多人在梦中获得灵感……

解决了许多难题。

再说，就算不能获得什么灵感，做个美梦也是件开心事嘛。对不对？

$(a+b) \times c \geq 2$
$2000 \times \tan$
$\sqrt{(a+b)}$
解方程的解法是

太棒了！这个旋律

啊——！

到了！问题的程序！找

你要是有烦恼或者心事，

可就做不了美梦啰。

不用担心！

嗯？

我一向做的都是美梦！

哦，是么？

我刚才真的梦见睡眠专家了，她还向我解释做梦是怎么回事。

菜菜子真不愧是睡觉专家兼做梦专家。

不错点。一点

相信我啦！

192

插上“翅膀”的轮船

坐船真是没意思！

船怎么就不能开得像汽车那么快呢？

船每小时速度一般只有四五十千米。

是慢嘛！

在普通公路上汽车每小时都可以开到四五十千米了。

要是开在高速公路上，那速度可就是船的两倍了。

船也未免太磨蹭了！

船的速度和汽车怎么能比？

算啦，我看船的速度提不提高也无所谓……

以后都用飞机来运输好了！

反正飞机最快了。

这怎么可能嘛?!

即使是当今世界上个头最大的飞机……

载重量也不过区区250吨。

没法更多了!

An-225 Mriya

相比之下货轮的载重量可就大得太多了。

一次运输量达到好几万吨呢。

要是把船运的货物全都改成空运……

恐怕一望无际的天空上就得密密麻麻地飞满飞机啰。

搞什么嘛!

凭什么船就能装载得那么多?

因为船浮在水上啊。

浮在水上，就表示……

对水产生了挤压。

受到挤压的水有多重，物体也随之相应"减轻"了多重。

所以在海里，或者是游泳池里，你会觉得自己很容易漂起来。

难怪，

的确有一种身体变轻了的感觉。

很重的东西一样可以利用浮力来对抗自身重力。

建造大阪城的围墙、搭建金字塔的大石块，都是这样依靠浮力用大船运输的。

总而言之，只要东西浸泡在水里就会受到浮力，有了浮力的帮助，载重自然变得轻松了。

干嘛把我扔进水里，我又不是石块！

相比较而言，飞机、汽车需要完全承受货物和自身的重量……

而轮船因为有浮力的帮助，在载重量上是毫无疑问的老大。

可惜速度方面要是还能再快一点就更完美了。

船的速度为什么快不起来?

成也水,败也水!

试想一下,漂在水上的感觉轻松、自在……

可是要是想在水中运动,就会发现身体整个变"沉"了起来……

那倒是。

你越想快,越会被水给"拖"住。

由于存在水的阻力,所以轮船不可能像汽车、飞机那样完全发挥出速度。

只要让船体离开水面，就能把速度全部发挥出来了吧？

啊!?

说什么呀!离开了水面，那还是船吗？

那种船倒也不是没有。

水翼艇!

不会吧!

看!船身不接触水面的船——

水翼艇靠水翼支撑船身，这点和飞机有点像。

说它是浮在水里，倒不如说是飞在水上。

水翼艇的水翼可比飞机的机翼要小多了。

别忘了，水的阻力比空气大得多。

嗯。

那水翼艇的速度很快啰？

这还用说！

水翼要是做成像机翼那么大，在水的巨大阻力下一下子就会被折断。

水翼艇受到的水的阻力与普通船只相比……

几乎可以忽略不计。

因此速度可以达到每小时80千米以上！

80千米？！

这么说要是有一种完全不接触水的船，速度一定还能更快啰？

有啊。

你以为只要想到就有啊？

不是我乱说，的确有的。

气垫船！

利用空气把船托起，使船体浮在水面上行驶。

由于船身不入水，

它也能像水翼艇一样速度超过每小时80千米。

没有更快的船了吗？

还有许多潜力没有发掘出来吧？

刚才不是说了吗？船能载重，主要靠的是水的浮力。

一旦离开了水，它们就只能靠自己承受货物的重量了。

好像很沉。

水翼艇和气垫船在速度上得到的提高，

是以牺牲船只的强大载重能力换来的。

真是好矛盾呢。

为什么就没有两全其美的办法！

速度

载重量

哈哈哈哈！

当然有！

载重能力超过水翼艇和气垫船……

速度远胜当今的各种船只！

未来之船……

名字分别是……

TSL（Techno Super Liner）
"飞翔"号和"疾风"号！

Techno Super Liner?

不过这个"疾风"号看起来也就是艘水翼艇嘛……

不错！菜菜子所希望的，速度快、载重量大……

两全其美的新型船只！

没错，"疾风"号就是水翼艇……

不过和一般水翼艇不同的是，它在水中的部分不是水翼，而是第二船体！

第二船体？

第二船体产生的浮力，

加上水翼的升力，两种力量共同支撑着船身！

よいしょ

有如此强大的支撑力，船身自然可以承受更大的载重量！

水下的第二船体，不但加快了速度，还提高了载重能力！

等于是受阻力较小的水下船体托着水上船体在行驶啊。

每小时可以达到90千米！

那个"飞翔"号又怎样呢？

204

论速度，"飞翔"号每小时能超过90千米……

同时具有相当不错的载重能力。

哦——

和汽车一样快的船，我算是见识过了……

还有没有更快的船呢？

比如说，有飞机那么快的！

要求太高了吧……

当然不是没有啦！

说是船吧，它并不接触水；

说是飞机呢，又算不上真正意义的"飞行"。

它的名字叫做"地效翼船"！

"里海怪物"全长92米

怎么看都是一架飞机嘛！

我的载重能力可比飞机强多了！

是真的？

飞机能在空中飞行，利用的是机翼上方与机翼下方的空气压力差。

压力低
流速快

流速慢 ← 气流
压力高

通过调节机翼角度，改变机翼上下方空气的流速。

向上

流速快
压力低

流速慢
压力高

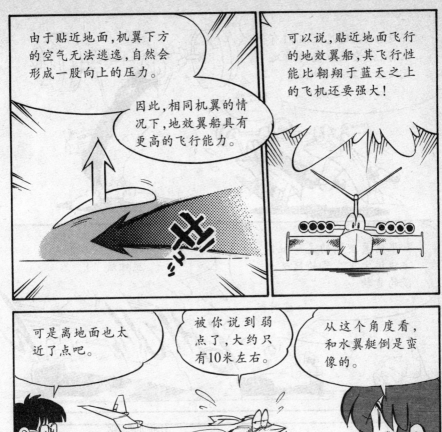

由于贴近地面,机翼下方的空气无法逃逸,自然会形成一股向上的压力。

因此,相同机翼的情况下,地效翼船具有更高的飞行能力。

可以说,贴近地面飞行的地效翼船,其飞行性能比翱翔于蓝天之上的飞机还要强大!

可是离地面也太近了点吧。

被你说到弱点了,大约只有10米左右。

从这个角度看,和水翼艇倒是蛮像的。

行驶在地面上比较容易撞到东西,相对危险,所以我一般都在海上飞行!

载重能力上虽不如轮船,不过速度上嘛……嘿嘿!我每小时可以达到500千米以上!

唉!

载重能力还是不如普通轮船啊。

那是当然,速度上我们有优势,但论载重能力肯定是没法和轮船相比的。

不过呢……

如果需要运输的是一批用飞机运太重、货轮运又太慢的货物……

这时候……

就该轮到我们大显神威了!

の？

の？

既然拥有可媲美汽车的速度,说不定以后能取代一部分卡车运输,

而且不会遇到堵车。

真希望早日看到"飞翔"和"疾风"两兄弟大显身手!

好无聊啊。

呜——

溶化的食盐哪儿去了

微观世界里的水

嗨！我是水！

呀！

我是一个水分子*，是水的最小单位，不能再往下分了。

其实水分子是很小的，小到根本看不见。

那才对呀。

氧→

氢→

水分子

要是都像你这么大个，水还怎么喝呀。

也没法用来洗澡了，看着就不舒服。

可以适可而止了吧！

说起来水分子到底有多小呢……

*水分子由两个氢原子和1个氧原子组成，化学式是H_2O。

微观世界里的食盐*

显微镜下看到的食盐颗粒……

呈规则的结晶状。

和水分子差不多大小……

原来食盐分子是由两种带不同电荷的微粒组合而成的。

带正电荷

带负电荷

继续放大到……

两种微粒在正负电荷作用下相互吸引，

并且极其规则地结合在一起。

212 *食盐由氯和钠两种元素构成，又称氯化钠。

击溃食盐的水军团

水分子和食盐分子一样，也是由分子间引力将氢与氧结合在一起的。

正电荷　氧　负电荷　氢　氢

平时水分子可以随意移动，但分子内部的结合决不会被打破。

当温度下降时，它们紧密排列在一起。

这就是冰。

如果对水加热，水分子的运动将加快，最后成为气体逸出。

这就是水蒸气。

顺便提一下，杯子里的水看似静止，其实其中每一个水分子都在不断运动着，相互撞击着。

运动的速度有多快呢……

现在将食盐投入这杯水中……

食盐晶体

每小时720千米！

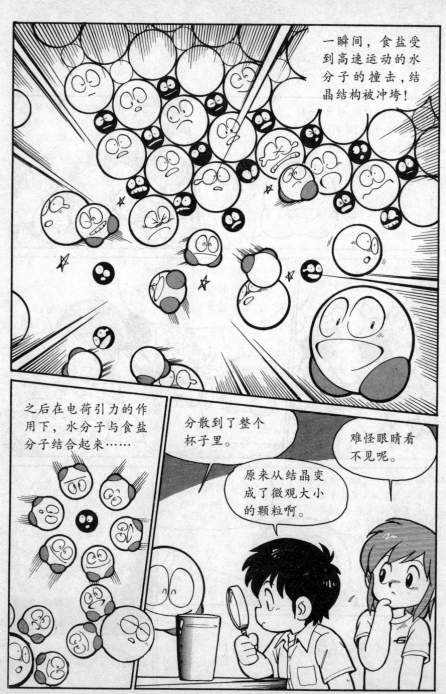

一瞬间，食盐受到高速运动的水分子的撞击，结晶结构被冲垮！

之后在电荷引力的作用下，水分子与食盐分子结合起来……

分散到了整个杯子里。

原来从结晶变成了微观大小的颗粒啊。

难怪眼睛看不见呢。

水的溶解能力非常强。海水里除了盐，甚至还溶解有金、银等金属。

食盐颗粒再度集合

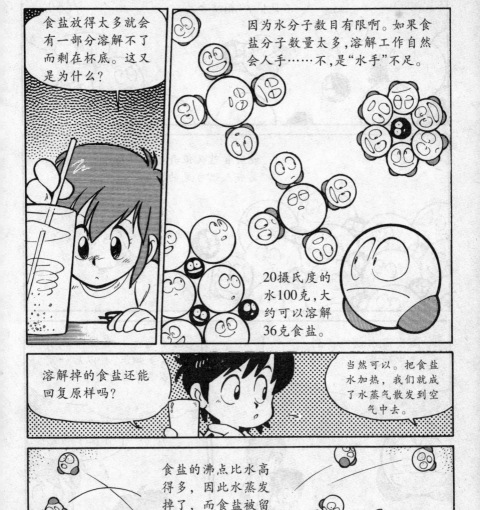

食盐放得太多就会有一部分溶解不了而剩在杯底。这又是为什么？

因为水分子数目有限啊。如果食盐分子数量太多，溶解工作自然会人手……不，是"水手"不足。

20摄氏度的水100克，大约可以溶解36克食盐。

溶解掉的食盐还能回复原样吗？

当然可以。把食盐水加热，我们就成了水蒸气散发到空气中去。

食盐的沸点比水高得多，因此水蒸发掉了，而食盐被留了下来。*

*标准大气压下，水在100摄氏度时气化；食盐在约800摄氏度时熔化，在1467摄氏度时气化。

当"人手不足"的水分子无法再维持与食盐分子的结合时，食盐分子便开始重新与自己的同伴相结合。

好久不见!

哈!

你好。

最后食盐又像开始一样形成了结晶，变成人眼可见的大小。

噢!

蒸发海水就能得到其中的盐。

※假设将全球海水中的盐全部取出，铺于地球表面，可以铺高35米。

想不到一杯水里都藏有这么多知识，我以后一定要多多学习才是!

你在干吗呢?